소소한 미식 생활

이다 치아키 지음
장하린 옮김

이아소

오늘 아침은 잉글리시 머핀

주우욱

반으로 가를 때 즐겁다.

햄

오전 일곱 시쯤 아침 식사.

꼬르륵~

안녕하세요.
일러스트레이터 이다 치아키입니다.

곰을 좋아해서 자화상도 곰입니다.

프롤로그

먹어보고 싶었어

충동구매한 간장 샘플러.

추천 레시피

날달걀밥에 잘 어울린다는데.

슬쩍

좀 일찍 먹을까.

커피는 어제 많이 마셨으니까 무카페인 차로 하자

재택근무를 해서 거의 일 년 내내 온종일 집에 있습니다.

뭐 마시지?

차도 리필하고 간식도 먹어야지~

안 되겠다. 휴식!

으————음

C o n t e n t s

제3장 　맛난 게 제일 좋아

제4장 　새로운 식탁

제 **1** 장

소소한
미식 생활

아침은 주로 빵.
맛있는 빵에 커피를 곁들여
하루를 시작하고 싶다.

'내일 아침은
이걸 먹어야지.'

기분 좋게 잠들고
배를 깨끗이 비운 채
일어나는 행복.

이길 수 없는 날도
있는 거지

5분만…

10분만…

식욕이 수면욕을
이기기 무섭게,
이불의 유혹이
식욕을 이긴다.

아침에 먹는 빵

100% 성공은
장담할 수 없지만,
일찍 일어날 확률을
높여주는 아침
최고의 낙.

졸려

짭짤하게, 달콤하게,
즐기는 방법도 가지각색.

전날 남은 반찬과
냉장고 속 재료로
정하는 토핑.

끼우거나

얹거나

바르거나

오늘은 두 장씩
얹어야겠다
야채도 올리고

기본은
햄과 치즈.

버터랑 잼도
좋은데,
무심코 재료를
잔뜩 넣는단
말이지….

토핑을 듬뿍 얹은
빵 한 쪽으로
몸도 마음도
든든하게.

생선구이

그릴로 굽는다

자,
오늘의 빵은?

?

하루를 이상적으로
시작할 때
느끼는 상쾌함은
질리는 법이 없다.

오늘도 적당히 힘내자

맛있게 먹고
잡일을 해치우고,
만반의 준비가
끝나면
아홉 시에
근무 시작.

각양각색 샌드위치

참치 체다치즈

도토루*에서 파는 참치 체다치즈 샌드위치를
좋아해서 집에서도 생각날 때 만들어 먹는다.
여유가 나면 가게에서 파는 것처럼 잘게 다진
양파를 섞는다. 햇양파 철에는 듬뿍 넣어서
아삭아삭하게! 후추도 빠지면 섭섭하다.

달걀 샌드위치

기력이 있으면 오믈렛을 만든다.
반숙으로 굽고, 가끔은 치즈까지 넣어서 호화롭게.
야채를 넣은 날에는 샐러드를 먹는 기분이 들어서
'건강한 아침식사군…'이라고 생각한다.

달걀말이는 두툼하게 구워서 단면을 만끽하고 싶다.
빵 크기대로 모양을 잡기 쉽게 오믈렛도 달걀말이용
팬에 굽는다.

오믈렛과 달걀말이의
차이는 뭘까…

김을 끼우기도

반찬 샌드위치

감자 샐러드,
단호박 샐러드,
우엉 샐러드…

전날 남은 반찬으로 만든다.
말만 남은 반찬이지, 다음 날 아침을 위해 반찬을
만드는 기분도 든다. 마요네즈가 들어간 반찬은
역시나 빵과 찰떡궁합! 바삭하게 구운 머핀과
촉촉한 반찬의 조화!

잉글리시 머핀 등…
asco** 초숙성 시리즈는
애용한다.

*토루(DOUTOR): 일본의 커피 전문 체인점.
**asco: 일본 편의점이나 마트 등에서 쉽게 발견할 수 있는 제빵 브랜드.

피자 토스트

감자 샐러드 토스트

감자 샐러드도 치즈도 듬뿍.
포만감이 가득. 소스로 맛에 변주를 주어도 즐겁다.

뱅어 치즈

말린 뱅어의 짭짤한 맛이 최고.
파는 마지막에 얹는다.

김치 치즈

김치는 잘게 자르면 먹기 편하다.
주방 가위로 대충 자르자.

디저트 & 과일

딸기 찹쌀떡 풍

정초에 남은 떡을 빵에
활용한 뒤로 팥앙금에
푹 빠졌다.
팥앙금을 바른 다음
딸기와 생크림 토핑.

앙 치즈

크림치즈와 함께.

후지빵*의 네오 흑당 롤
녹은 마가린이 팥앙금과
잘 어울린다!

치즈가 많네

완전 좋아

데니시 브레드

세븐일레븐의

빠나나

데니시 종류에 곁들이고 싶다.
기본은 초콜릿, 아니면 크림치즈와 꿀.
으깬 견과류를 얹어 굽기도 한다.

*후지빵: 일본의 제빵 브랜드

*일본의 찐빵(蒸しパン)은 한국의 술빵에 가까운 생김새로,
한국인에게 익숙한 찐빵은 일본에서 중화만두(中華まん)라고 부른다.

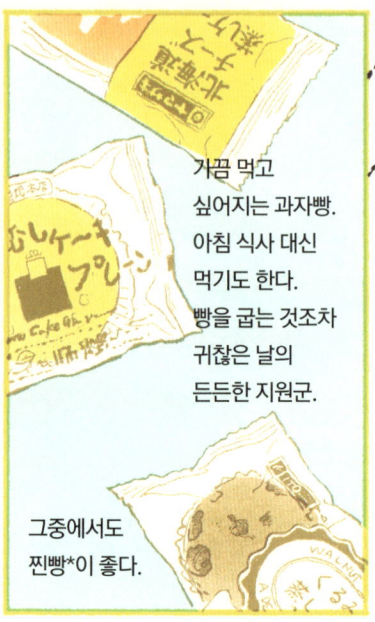

번외편 찐빵이 좋아

어느 날,
편의점 중화만두
진열대에서
찐빵을 발견했다.
폭신폭신해서
맛있다!

저런 데
있었다니!!

집에서도
시판 찐빵을
찌게 되었다.

갓 찐 것처럼!

우~잉~

SNS에서 발견한 중화만두 찌는 법.
물을 약간 넣은 컵에 빵을 얹어 데운다.
찐빵은 30초~1분 정도.

가끔 먹고
싶어지는 과자빵.
아침 식사 대신
먹기도 한다.
빵을 굽는 것조차
귀찮은 날의
든든한 지원군.

그중에서도
찐빵*이 좋다.

만터우

달짝지근해서
그대로 먹어도 맛있었다.
아마 연유를 찍어 먹었다.

매끄니에 산더미처럼 나왔다.

한다.

전통적인 주식
가운데 하나라고

찐빵이라 하면
떠오르는 게 있다.
한참 옛날에 중국
여행을 가서
알게 된 '만터우'.

폭신~

쫀득~

폭신폭신,
쫀득쫀득.
추억의
만터우.

후타바산업에서
파는 대형 만터우를
사봤다.

오랜만이야

교무슈퍼*나
차이나 타운
에서도
파는 듯
하다.

현지에
가야만 먹을
수 있는… 줄
알았는데,
인터넷
쇼핑에서
발견.

랩을 씌우면
더 잘 쪄져서
봉긋해진다.
냉동식품이라
넉넉히 2분 데운다.

아침 빵
라인업에
추가되었다.

이것저것
시도해보고 싶어!

말랑 말랑

속 재료를
넣어도 되나~?
차슈나
비엔나소시지가
어울리겠는데!

*교무슈퍼(業務スーパー): 일본의 슈퍼마켓 체인점.
식자재를 저렴하게 판매하는 점이 특징이다.

아주 가끔 먹는 쌀밥.
아침부터 국이며 반찬이며
준비할 기력이 없어서
자주 차리지는 못하지만,
전날 저녁 먹은 미소시루가
남거나 하면 이렇게
먹고 싶어요.
드문 만큼 진수성찬을
먹는 기분.

달걀말이

재료를
듬뿍 넣은
돈지루* 최고

달걀이 먹고 싶다.
이런 식으로 기본에
충실한 메뉴가 좋다.

그러고 보니 어릴 적 아침 식사는
주로 콩가루를 얹은 밥이었어요.
그때는 편식도 심했고, 채소도 싫어했고,
가리는 게 많았거든요.
달달해서 오하기** 같지만, 콩의 영양소가
풍부해서 소중한 자양분이 되었을지도 몰라요.

어릴 때 무척
건강했던 건
콩가루 속 콩의 힘
덕분일지도 모른다.

빠르다

맛있다

콩가루 병

설탕이 든 콩가루를
상비했다.

아슬아슬할 때까지
늦잠을 잤기 때문에
밥만 달랑.

*돈지루(豚汁): 돼지고기와 채소를 비롯한 여러 재료를 넣고 미소로 맛을 낸 국.
**오하기: 멥쌀과 찹쌀을 섞어서 찐 반죽을 둥글게 빚어 팥앙금이나 콩가루를 묻힌 떡.

평소 식사로도, 술에 곁들일 안주로도.
식탁에 정취를 더하는
간단 중화요리가 좋다.

좋아하는
음식 순위
1위를 다투는 교자.
주기적으로
먹고 싶어진다.

豆板醬

동영상을 틀어놓고 묵묵히 빚는다.
한 번 만들 때 50개.
교자로 배를 채우고
술로 위를 적시는
최고의 주말.

소를 그릇 한가득 준비해서 만드는 내 교자는 둥글다.

어느 드라마 속 교자를 만드는 장면에서 소를
조금만 넣어서 놀랐다. 그 편이 예쁘게 빚어지는
줄은 알지만, 내가 만드는 둥글둥글한 교자가 좋다.

탱글

양중

너무 많이
넣었나?

듬뿍!

뭐 어때!

주름 잡기를
포기한 개체

예쁘게 구워지면
제법 뿌듯하다.

짜잔!

긴장되는
순간

옛날에 중국 여행에서 맛본 뒤로 아주 좋아하는 요리.

달걀과 토마토 둘 다 집에 있을 때가 많아서, 무슨 요리를 할지 고민되는 날 곧잘 만든다.

토마토는 번거롭더라도 뜨거운 물에 껍질을 벗겨 요리하면 더 부드럽고 맛있다. 녹진녹진한 달걀과 토마토. 마음이 편안해지는 스테디셀러 메뉴.

토마토 달걀 볶음

집에서 자주 만드는 중화요리스러운 이것저것.

마파두부

슈퍼에서 파는 조미료를 써서 그럴싸하게. 내가 만드는 마파두부는 소보로 앙카케* 두부에 가까운 느낌. 소박하다. 하지만 그 점이 좋다. 두반장 같은 조미료는 볶으면 향이 좋아지고, 두부는 푹 조리면 미리 데칠 필요도 없고 잘 부서지지 않는다. 전부 요리 농영상에서 본 내용.

이것도 중국 여행에서 알았다. 어디에서 먹어도 맛있었다! 간단하면서도 술이 술술 들어가는 요리. 공심채를 쓰면 더 중화요리 같겠지만 소송채를 쓴다. 반찬으로 제격.

잎채소 마늘 볶음

*소보로: 잘게 다진 고기나 생선 등을 양념해 물기가 없어질 때까지 볶은 요리.
*앙카케: 전분을 풀어 걸쭉하게 만든 소스.

*나카무라야(中村屋): 일본의 식품 브랜드. 카레 같은 레토르트 식품을 판매하며 레스토랑도 운영한다.

나카무라야*에서 개별 포장으로 파는 중화만두는 전자레인지에 봉지째 데우면 폭신폭신해진다.

봉지째 전자레인지에 돌리는 상품을 처음 봤을 때는 깜짝 놀랐다.

사계절 내내 팔 텐데도 추워져야 비로소 눈길이 가는 중화만두.

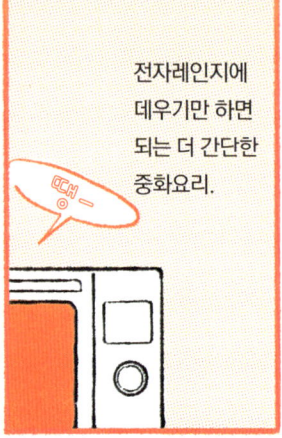

전자레인지에 데우기만 하면 되는 더 간단한 중화요리.

냉동이어도 맛있는 사오마이가 많다. 있는 둥 마는 둥 했던 겨자가 이제 대활약한다.

가나가와에 이사 온 뒤로 친숙해진 기요켄**. 딱히 의식하고 먹은 적이 없었던 사오마이도 지금은 아주 좋아한다.

다양한 구색 안에서 어떻게 조합할지 고심하는 즐거움도 있다.

지금 사는 집은 드러그스토어와 편의점이 코앞에 있어서, 바쁘든 아니든 냉장식품의 힘을 자주 빌린다.

**기요켄(崎陽軒): 일본 식품 브랜드로, 사오마이가 주력 상품이다.

한 손에 하이볼을 들고
OTT로 영화를 본다.
뜨끈뜨끈한 중화요리와 함께
더없이 행복한 시간.

뭘 볼지 고민하느라
시간을 다 쓰곤 해서
미리 정해둔다.

집에서 만끽하는 간편하고 즐거운 중화요리.

슈퍼의 중화 조미료 코너를 구경하다 보면
이것저것 시도하고 싶어진다.

레퍼토리를 늘려 집에서 중화요리를
더 많이 즐기고 싶다.

나무 찜기 갖고 싶어

평일, 동네에서 먹는 점심

외식은 외출했을 때나 휴일에 하는 것.

전에는 그렇게 생각했는데, 지금은 평일 점심을 먹으려고 달마다 수차례 동네 마실을 나선다.

생각이 바뀐 계기는 별거 아니었다. 기분전환이 필요해서 구글 지도를 열어보니…

주말에 고깃집이라도 갈까…

놀고 싶어

정확히는 '없다'고 생각했다.

힘들어

그리고 보니 뭔가 공사하고 있었지. 레스토랑이었구나.

역 앞에 이탈리안 레스토랑? 그런 게 있었나?

가볼까.

흠…

언덕길과 맨션. 초록이 무성한 한가로운 주택가. 그런 동네에 살고 있다.

동네에서 점심 먹을 생각을 하기 어려울 만큼 식당이 없었다.

카운터에 혼자 앉은 손님을 보며 멋대로 품는 동질감.

주문하신 메뉴 나왔습니다!

이 동네에 식당이라니. 게다가 손님도 가득해서 인기 폭발! 살짝 기가 눌렸다.

만석!!

다음 날. 바로 점심을 먹으러 역 앞으로.

사람들이 빨려 들어간다!

카운터에 앉으시면 됩니다!

걸쭉한 소스가 잘 배어든 파스타. 토핑된 버섯은 모양새도 식감도 일품!

일은 잠시 잊고 맛을 음미한다…

새우 버섯 명란 크림 파스타! 샐러드와 음료 포함 런치 메뉴

맛있겠다~

다음에는 카르보나라 먹어야지.

재방문을 다짐하는 나.

잘 먹었습니다

또 오세요~!

맛있다~

진작 올걸!

19

궁금한 가게를
연달아 발견.
한 달에 몇 번은
산책을 겸해 점심을
나가서 먹게 되었다.

공원 뒤쪽에
이탈리안
레스토랑!?

그러고 보니
바로 옆 역에도
중화요리집이
있었지.

어?
언덕 중간에도
가게가 있네!

즐겨찾기!

점심때까지
끝내야지~!

가 보 자 !

회, 생선구이,
가라아게….
이런 반듯한
정식을 파는
가게가 의외로
귀하단 말이지.

식당

고마워라!

역 근처 식당.
안쪽이 잘 보이고
밝아서 들어가기
편한 구조라
마음이 놓인다.

아무래도 식당이
얼마 없는 동네.
주민들이 편하게
먹으러 올 수 있는
가게를 만들려고
했나 보다.

오~
그럼 회로
할게요!

오늘의
추천 메뉴는
생선이에요!

미소시루와 밑반찬도
심금을 울리는 맛.
'남이 차려주는 밥이 먹고 싶어.'
그럴 때 오고 싶은 가게.

이득이네~

다 모으면
500엔
할인
해드려요!

포인트
카드도
만들었다.

단골
인가.

안녕하세요~

오랜만이다~
많이 컸네~!

탁

달그락!

메뉴
입니다.

그리고,
가장
좋아하는
곳.

어서
오세요.

잠시만요.

여기요~

쏴아~

덜그럭
덜그럭

오묘한
긴장감

꿀꺽

굴
페페
런치
론치노
세트로...

네,

주문
이요.

바빠
보이는데...
괜찮을까.

큰길을 벗어나
인적이 드문 길.
몇 년 전에
쥐도 새도 모르게
연 가게였다.

사장님 혼자
운영하는
파스타 전문점.

하지만
다음 날도,
그다음 날도
자꾸만
생각날 만큼
맛있었다.

침묵...

괜히 대화도
안 하게 된다...

처음 방문했던
때는 밤.
우리가 전세를
내다시피 했다.
사장님이 과묵한
분이어서
조금 긴장했다.

끝내 참지 못하고
며칠 뒤
점심에 재방문.

점심을
그곳에서 먹는다고
생각하니
작업 진도가
쭉쭉 나갔다.

아아, 벌써 다
먹어가다니.

모두가
조용히
맛본다.

한 그릇 한 그릇,
정성껏 만든
에피타이저와
파스타.

단골집
확정.

감사
합니다~!

엄청나게
맛있었어요

잘 먹었
습니다

이 가게의
팬이 된 나는,
존경을 담아
'장인의 가게'라고
부르고 있다.

평일 낮.
느긋이 먹으러
올 수 있는 행복.

집순이지만
점심밥에 이끌려
여기저기
어슬렁어슬렁.

좋아하는 가게가
늘어날수록,
이 동네도
더 좋아졌다.

지금 가장
궁금한 데는
관공서 구내식당

이 일만
끝나면
가야지~

다음 주는
그 가게에
가야겠다.
그런 생각을 하며
오늘도 책상으로
향한다.

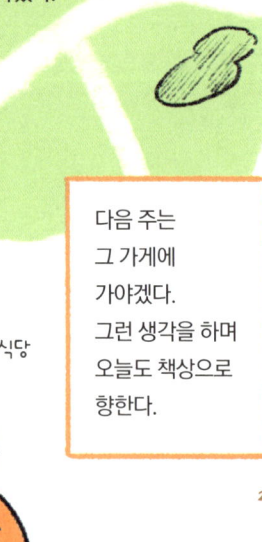

딸랑

다음에는
꼭 곱빼기로
시켜야지.

집에 가면
메일 답장도
하고….

조금 빙
돌아서
갈까.

화이트소스를 곁들인 카레 필라프.
급식에서 가장 좋아하는 메뉴였어요.
추억의 급식으로 이걸 꼽아도
전혀 공감을 사지 못해서, 제가 자란
사이타마현에만 있던 건지 아니면
모교에만 있던 건지……
필라프와 화이트소스를 따로
배식받아서 직접 끼얹어 먹어요.
식단표에 써 있으면
그날은 꼭 학교에 가겠다고
생각했답니다.

추억의 점심

본가에서는 주말 점심을
아빠가 차릴 때가 많아서,
잔뜩 만들어 한 번에 대령!
저마다 원하는 만큼 덜어 먹어요.
그중에서도 좋아했던 건 볶음밥.
어떻게 간을 했는지,
살짝 단맛이 났어요.
아빠가 만든 요리는
전부 약간 투박한 맛.

인테리어가
깔끔해서
왠지 세련되어
보였던
모스버거

고등학생 시절, 단짝 친구와 가던
모스버거*는 각별하고 호화로운 장소!
동아리 활동 때문에 3년 내내 바빠서 점심에
패스트푸드를 먹을 기회도 좀처럼 없었던 것
같지만, 언젠가 계절한정 난 타코를 먹고
감동한 기억이 있어요.
학교 이야기, 동아리 이야기,
웃었다 울었다 잔뜩 수다를 떨었던 모스버거.
지금도 아주 좋아해요.

*모스버거: 일본의 패스트푸드 체인점.

과자 만들기의 기억

갓 구운 쿠키를
한 개, 두 개……
집에서 만드는 과자는
언제나 조금 특별하고,
즐거웠다.

몇 번이고 창 너머로 오븐을
들여다보며 두근두근.
집 안에 감도는 달콤한 냄새.
완성을 앞둔 카운트다운.

맨 처음 과자를 만든 기억은,
엄마와 함께 틀로 찍어서 구운 쿠키.
하트나 별 모양으로 찍어내고,
이따금 반죽을 집어 먹었다.
(배탈 조심)

어떤 나라의 전통 과자.
저자의 추억 이야기.

요리책에는 다양한 내용이 담겨 있다.

만화만큼 집중해서 읽었다.

엄마의 책장은
재미난 구경거리.

거기에는 멋들어진
사진이 실린
요리책도 있었다.

모르는 재료, 처음 보는 과자,
예쁜 장식, 귀여운 접시.

완성되어가는 사진을 보기만 해도
가슴이 두근거린다.

요리책과 만화,
어린이책,
전단지….
보기만 해서는
성에 차지 않아서,

초등학교 고학년이
되었을 무렵에는 혼자
만들기 시작했다.

비교적 간단한 레시피에
익숙해지면, 변주를 주어
여러 차례 만들었다.

공책에 베껴다가
나만의 요리책을
만들기도 했다.

누가 뺏어
먹으러 오면
조심하면서도
내심 기뻤다.

하나만~

딱
하나만
더야!

요리 만화도 좋아했다

과자 만들기는 즐겁고
반짝반짝 빛났다.
좋아해 마지않던 순정
만화나 어린이책에서도
과자가 나오는
장면은 유독
빛나 보였다.

그림보다도 반응이
금방 눈에 보여서,
과자를 만들 줄
안다는 것이
자신감의 원천
가운데 하나가
되었다.

정말이지
혼자서
뭔가 만들기를
좋아했구나.

그대로
간직해둘걸

스크랩
한다

슈퍼에 비치된
무료 전단도
귀중한 정보원.

무료 배포

'맛있다'고 한마디 해주기를 기다리는 중

밸런타인 데이에는 우정 초콜릿 잔치

이런~

물론 실력이 붙어도 성공만 하지는 않았다. 기억을 더듬다 보면 실패한 경험이 생생히 떠오르기도 한다.

점점 능숙해져서 쿠키 말고 다른 디저트도 구웠다.

밀가루와 버터는 단짝

만들기는 참 신나

진지해졌다.

시간이 흐르고 보면 다 재미난 옛일.

실패를 통해 배우면서 성장하는 것이다.

그러고 보니 자취를 시작했을 때 곧잘 밥을 차려 먹은 건, 과자를 만든 경험 덕분일지도 모른다.

어른이 되어 깨닫는 감사함

이제 와서 생각해보면 마음껏 만들 수 있게 해준 부모님에게 고마울 따름이다.

합체

녹아서 원형을 잃고 한 몸이 된 쿠키.

멀쩡한 부분만 골라 먹었다.

물이 줄줄 흐르는 치즈케이크.

축축...

← 케이크 틀 바닥을 조립하지 않은 채로 오븐 트레이에 물을 담아 구웠다.

돌주먹 스콘.

현실 vs 이상

돌...? 부풀지 않았다.

앗

이거 봐~!!

굽자마자 방생.

멀쩡한 부분만...(이하 생략)

다양한 치즈케이크

뉴욕 치즈 케이크

부풀지 않은 스펀지케이크를 갈고, 순서대로 잘 섞기만 하면 실패할 가능성이 낮은 치즈케이크를 고정 메뉴로.

건포도를 넣는다. 바닥은 홍차 맛.

레어 치즈

잠시 없이 그대로 즐겨도, 과일 절리를 더해 화려하게 즐겨도 좋다!

치즈케이크 바닥은 쇼트브레드가 기본, 여력이 있을 때는 직접 굽는다.

3층

말차·플레인·초콜릿

초콜릿 레어 치즈

무심코 코코아파우더를 잔뜩 뿌려서 몸이 막힌다...

딸기를 넣기도

말차베이크드

축하용&가끔 만들기 때문에 조금 품을 들이고 싶어진다.

검은콩을 넣는다.

냉장고에 홀 케이크가 있는 행복

설탕은 해마다 점점 줄인다.

어른이 된 뒤로 과자 만드는 빈도는 줄었지만, '축하 치즈케이크' 만큼은 지금도 꾸준히 만들고 있다.

축하해~ 고마워~

과자 만드는 날이 늘어날지도… 모르겠다.

몇 번이고 만든 쿠키도, 보기만 한 채 눈에 담아둔 케이크도 아직 제자리에 있었다.

오랜만이네~

몇 권을 꺼내 와서, 지금은 내 책장에.

본가에 갔을 때 마음에 드는 책을 가져가도 된다고 해서, 오랜만에 엄마의 책장을 들여다보았다.

한동안
집 안을 가득 채운
쿠키 냄새

원통형으로 빚은 반죽을 얼려서
만드는 아이스박스 쿠키를 종종
구워요.

반죽을 잔뜩 만들어서 냉동해두고,
먹고 싶을 때 갓 구운 쿠키 완성!
과거의 저에게 감사하게 됩니다.

초콜릿
맛이 좋다.

미쓰코시 이세탄의 음식 정보 사이트, FOODIE에
소개된 레시피에서 버터를 손으로 주물러 풀어도
된다는 팁을 보고 깜짝 놀랐어요. 상온에서
녹을 때까지 기다릴 필요가 없다니!

틀이 없어서
우유팩에
구웠다.

알루미늄
포일을 덮어서
노릇한 면 없이
하얗게
구워낸다.

블루베리
소스를 뿌리기도

대학생 때 자주 만든
수플레 치즈케이크.
진하고 폭신폭신.
한때는 밥보다 많이 먹을 만큼
좋아했습니다.
레시피를 잊어버려서, 검색해도
이거다 싶은 걸 찾지 못했어요.
또 먹고 싶은데~.

외조부모님 댁에서 얻어 온
유리 보관함에 쿠키 넣는 걸 좋아한다.
세 배는 더 맛있어 보인다.

날이면 날마다 커피

아침 식사 때
눈을 뜨게 하는
한 잔.
조금만 더 힘내면
되는 오후. 저녁
먹은 뒤 티타임.

생활의 일부로
녹아든 커피.

후~

쉬는
시간

딱 맞는
사이즈

집에서 핸드드립.
루틴으로 자리
잡은 지는
조금 됐지만,
그래도 비교적
최근 일이다.

종이 필터는
다 먹은 쿠키 캔에 넣어둔다.

부지런한 사람에게나 어울린다는
높은 심리적 장벽이 있었다.

선망과는 별개로
간편한 인스턴트에 기대던 나날.

인스턴트커피
용기의
중간 마개를
뜯는 순간이
좋다.

부욱

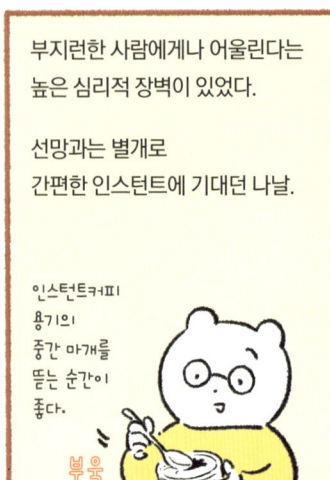

그 전에는 인스턴트나
병에 든 커피.

커피 용품과 커피 마시는
장면을 전부터 그리곤
했는데, 오로지 선망을
담았을 뿐이었다.

유리 제조회사 HARIO에서 나온 세트

필요한 도구를 다시금 찾아본다.

쓰기 쉬워 보이고 심플한 드리퍼와 서버를 세트로 샀다.

계량스푼 포함

언젠가 해야지, 생각하면서도 별다른 동기가 없으면 행동에 옮기지 않는 성격. 드디어 등을 떠밀렸다.

이제 나도…

변화의 계기는 선물받은 커피.

가루다!

고마워!

NOT 인스턴트

붓……살짝지

못한다

좌악

뜸을 들인다

필터 접합부는 접는다고 한다

열자마자 좋은 향기가 물씬!

커피 내리는 법을 검색해서 어찌저찌 그럴싸하게….

set

평평하게 고른다

더 파고들면 그 나름대로 심오한 세계가 펼쳐지겠지만, 드립커피는 생각보다 간단하고 즐거웠다.

나 같은 사람도 해내다니!

간식도 더 맛있다.

알맞게 붓는 요령도 생겼다.

익숙해지니 물을

맛있다!

KONO 달마형

아빠가 총각 시절부터 쓴 커피 그라인더로 원두를 간다.

손으로 잡기 편하고 귀여운 그라인더.

본가의 커피는 귀성의 맛.

부모님은 전부터 마셨겠지만,
나는 마시지 않았던지라
그리 인상에 남지 않았다.
어른이 되어서야 깨달은 맛.

오~

오래된 거야

나도 해보겠다며 당차게 도전!
운동부족을 절감하는 그라인더 돌리기. 그래도 즐겁다.

교대할까?

오, 커피 마실 시간이구나

식후

참고로 본가는 핸드드립이 아니라 커피 메이커로 내린다.

빈티지 멋있다

잘 보이는 데 두고 감상하고 싶어

서랍 귀여워

먼지도 들어가지 않고

원두가 튀지도 않고

잡기 편해 보인다

오픈형

세련되고 심플

나사에 손잡이에 토니바퀴.
그라인더는 투박한 '도구' 느낌이라 수수한 디자인도 많아서, 찾아보기가 즐겁다.

커피 그라인더도 갖고 싶었던 용품 가운데 하나.

그라인더를 사면 가고 싶은 곳이 있었다.

커피 용품계의 터줏대감 칼리타에서 골랐다.
투박한 색 조합.
새것은 반질반질하지만,
오래 쓰면 쓸수록 손맛이 묻어날 듯하다.
어떻게 길들지 궁금하다.

Kalita KH-5

뚜껑이
빠지지 않게
붙든다.

집에 와서 곧장 도전.

인터넷 검색을
참고해서 필터를 깔고
원두를 갈아보았다.

포인트카드
만들었어!

요령을
알겠군!

안아서
다리
사이에
끼운다.

편한
자세를
열심히
찾은 결과.

가루가
그라인더에
들러붙는 것을 방지.
가루를 옮겨 담을
필요도 없어서 편하다.

닭가

딱

폭신폭신
부들부들
크게 부풀어,
집 안에 감도는
좋은 향기.

금방 간 원두는
뜨거운 물을 잘
흡수했다.

다양한 풍미.
점점 취향도
생겨난다.

산미가 적은
강배전이 좋아

하지만
다 맛있어

본가에 줄
선물로도.

나한테
스페셜티
커피는 아직
이르지~

비싼 원두는
좋은 일이
있을 때 사자

다 마시고 나서
다시 원두 가게로.
설명을 참고해
살짝 모험도 해본다.

초콜릿 같은
풍미...
견과류의
향긋함이라.

흠

오늘도
잘 내려졌네

간편하고 맛있게.
조금은 멋스럽게.
커피의 길은
계속된다.

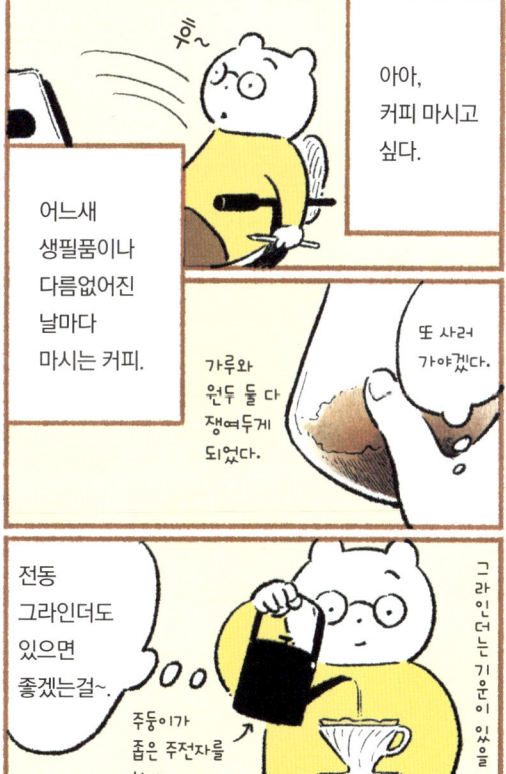

우~

아아,
커피 마시고
싶다.

어느새
생필품이나
다름없어진
날마다
마시는 커피.

또 사러
가야겠다.

가루와
원두 둘 다
쟁여두게
되었다.

전동
그라인더도
있으면
좋겠는걸~.

주둥이가
좁은 주전자를
샀다.

그라인더는 기운이 있을 때.

프라이팬에 버터를 발라 굽는
'버터 구이'를 SNS에서 발견했어요.
겉의 노릇노릇한 단면과 속의
파근파근한 식감이 더할 나위 없이 좋았답니다.
커피에도 어울리고요!

상자에도 활용법이 적혀 있으니,
공식적으로 추천하는 조리법인가 봅니다.

후나와*의
고구마 양갱

*후나와: 일본의 전통 과자 브랜드.

제 **2** 장

우리집
식기

직접 산 식기에 더해, 받은 것까지 슬금슬금 합세.

애착이 가는 식기가 늘어나면 요리도 즐거워진다.

부엌 곳곳에 식기가 있다.

찬장에 다 들어갈 정도였는데, 눈 깜짝할 새 넘치기 시작했다.

3 대 의 식 기

언젠가 바꿔야지 생각해도, 깨지지 않고 멀쩡한 이상 계속 쓰게 되는 법.

산뜻한 식기는 만능이지만, 하얗고 무기질적인 식탁이 어딘가 무미건조했다.

자취를 시작했을 때 '일단 이거라도'라는 생각으로 갖춘 하얀 식기.

하긴 산만한 거 좋아했지.

나도 모르게 기념 촬영

너무 튀나?

'좋다'라는 감정을 소중히 여기자. 전 직장을 그만둘 때, 그런 마음가짐으로 새 식기를 장만했다.

하얀 식기만 갖추고 살았던 반작용인지 색이나 무늬가 들어간 식기에 손이 갔다.

식기가 갑자기
늘어난 시기가
있었다.
몇 년 전, 본가에서
받아 왔을 때.

그래,
가져가~.
또 갖고
싶은 거
있으면
말해.

딱히
쓰지도
않고

어, 이거
귀엽다!
혹시
가져가도
돼?

접시
이거면 돼~?

오랜
만에
본가
방문.

무심코
부엌
찬장을
보다
보니…

나
왔어~

기억이
날 듯 말 듯.
본가의 수많은
접시.

다섯 개
세트니까~
하나는
남겨놔!

이건
레이디 보덴*
경품!

두 개면
충분해요

예쁘다~

우리 둘 다
초록색
좋아하지

이건 엄마가
좋아하는 거!
오리베야키!**

귀엽지

식탁에 오르는
고정 멤버가 있어서,
다른 접시에는
눈길을
주지 않았다.

색 예쁘네~

이건 너희
아빠가
가끔 써서
말이지~

여보~ 잠깐
와봐요~

생선에 어울리는 접시
갖고 싶었는데.
얘도 가져가도 돼요?

어쩔 수
없지

본가의
찬장이
애틋하게
보였다.

어른이 되고
일상 속 물건을
그리기 시작한
영향인지,
아니면
향수인지.

이것도 있었네

요리용
쟁반이나
그 밖에도
이것저것…

*레이디 보덴: 일본의 고급 아이스크림 브랜드.

**오리베야키: 아즈치모모야마시대부터 전래한 도자기로, 짙은 초록색이 주를 이룬다.

갖고
싶어

이것도
귀엽다

보물찾기 모드에
돌입한 나.
점심을
먹으면서도
재빠르게 체크.

이건 너
가져!

이건 내가
갖고 싶어!

이건
나눠
갖자!

취향이 비슷한
언니와 쟁탈전도
벌이고, 양보도
하고.

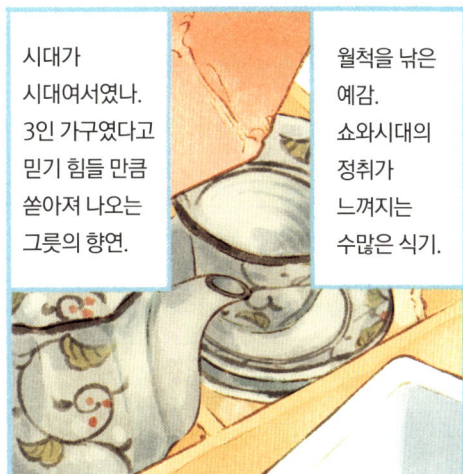

시대가
시대여서였나.
3인 가구였다고
믿기 힘들 만큼
쏟아져 나오는
그릇의 향연.

월척을 낚은
예감.
쇼와시대의
정취가
느껴지는
수많은 식기.

추억이다~

이것 좀 봐!

아,
이거!

어릴 적 기억을
어렴풋이
상기시키는
식기도 있어서,
무심결에 손이 간다.

맨밥에 장어 덮밥
소스를 뿌려
먹었지.

이건 기억난다.

소면을 먹었지.
아이스크림이었던가.

묵직하고
멋들어진
외할아버지의
컵.

내 거는
돼지 그림!

얼마 만에 왔는지도
기억나지 않는 이
집은, 전부 아름답게만
보였다.

낡고 어둡고
무서운 인상으로만
남아 있던 집.

더 일찍,
더 자주 올걸.

그런 후회조차
무색하게 이 집은
사라지겠지만.

한가득
사진을
남겼다.

한가득
물려받고,

인정머리
없는 손주의
속죄였는지도
모른다.

그래서
왔다.

무거워!

남은 식기에
미련을 버리지 못한 채,
엄선한 식기를 옷에 잘 싸서
집으로 돌아왔다.

찬장에 넘치도록
쌓아두고,
거칠게 다루어서
미안할 따름이다.
언젠가 제자리를
찾아주겠다고
마음속으로 약속한다.

본가의 식기도,
조부모님의 식기도
우리 집에서
대활약하고 있다.

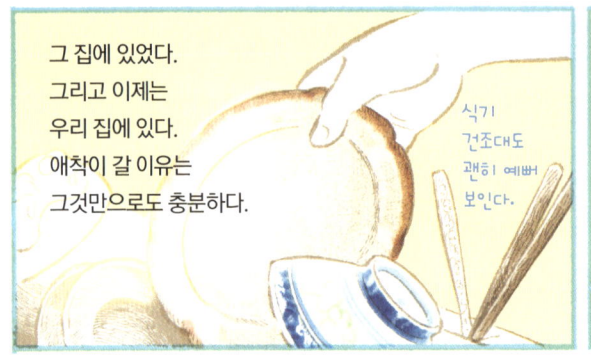

그 집에 있었다.
그리고 이제는
우리 집에 있다.
애착이 갈 이유는
그것만으로도 충분하다.

식기
건조대도
괜히 예뻐
보인다.

본가에서도
외조부모님 댁에서도,
얻어 온 식기는
대부분
'추억의 물건'이
아니다.

거의 다
처음 봤어

디저트용
포크가
필요했어.

어제
가져갔잖아.

봐봐,
외할머니네
그릇하고도
어울리고…
이렇게
만난 것도
인연
이고…

어제는
큰 거고

외조부모님
댁을 정리한
직후,
가족여행을
가자마자
사버렸다.

드디어
찾던 게
보이기 시작한
느낌!

그건 그렇고,
이번 일을 계기로
식기 수집에
눈을 뜬 것 같아
조금 무섭다.

알찬
식기를
갖춘
기쁨

위시리스트에
추가……

인터넷 쇼핑몰을
구경하다가도
일단 즐겨찾기에
집어넣고 머리를
식힌다.

본가에 온
기분이네.

먹자~

좋아하는 식기에
담아 먹는
식사는 맛있고 즐겁다.
단순하지만
내심 실감하는 사실.

나의 식기.
부모님의 식기.
외조부모님의 식기.

제법 복작복작해진
지금의 식탁이 참 좋다.

머지않아 유리문이 달린
수납장을 사서
예쁘게 정리하고 싶다.

목표 가운데 하나.

*오야코동: 달짝지근한 양념에 닭고기를
조린 다음 달걀을 풀어서 익혀 먹는 덮밥.

지금 갖고 싶은 식기

참치 아보카도 간장 절임

덮밥 그릇

닭고기 대신
돼지고기를 쓰면
가이카동(開花丼)이라고
부르는 모양이다.

오야코동*

마파
두부

카레 우동
같은 면
요리도

뭘 먹을지 고민스러울 때
든든한 아군이 되어주는 덮밥.
언젠가 마음에 드는 그릇에 먹어야겠다고
생각하면서도, 한참 예전에 슈퍼에서
대충 산 그릇을 쭉 써왔어요.
겨우 이가 빠지고 나서야, 의외로 쓸모가
많다는 사실을 깨달은 덮밥 그릇.
얼른 새로 사고 싶어요.

늦은 저녁을 먹는 날,
우리 집 간판 메뉴는 돈지루와 주먹밥.
이것저것 머리를 써서 준비할
기력이 없을 때도 곧잘 만듭니다.
평소 쓰는 국그릇은 작아서 덮밥 그릇으로
대신하는데, 국에 잘 어울리는
커다란 그릇이 갖고 싶어요.

조금 커다란
국그릇

재료를 잔뜩 넣은 국을
담고 싶다.

늘어난 종지를 활용하다 보니
반찬 만들기도 예전만큼
힘들지는 않다….
아마도.

이것도
잠깐인가.

간식 틴 케 이 스

티타임이
기대되는 건
말할 필요도
없다.

뚜껑을 열고
뭘 먹을지
고민한다.

캐러멜,
비스킷,
버터 샌드.

처음 먹어보는
것도 있고,
하나같이 정말
맛있었다.

시작은 엄마가
보내온 롯카테이*의
틴케이스 세트였다.
꽃무늬가 그려진
동그란 틴케이스에
꽉 들어찬 간식.

귀여운
틴케이스의
매력을
꼽으라면

다 먹은 뒤의
활용법.

하나둘 먹어갈수록
생기는 빈자리가
못내 아쉽다.

*롯카테이: 홋카이도의 유명 제과점.

샤토레제*

전통 과자와
양과자를 골고루.
매장에서
하나씩 고른다.
나만의 세트 같아 즐겁다.
부피가 크니 너무 많이
넣지 않게 조심.

그 뒤에 넣은 것들

무난한 선택지!

슈퍼에서
파는 간식

여러 종류
들어 있는
대용량 팩

당연히
간식

가족이
회사에서
얻어 온
선물도
넣는다.

그대로 꺼내
먹어도 좋지만 틴케이스에
채워 넣어도 즐겁다.

좋아하는 간식을 사서
계속 채워둔다.

부엌 선반, 냉장고 등….
갈 곳 없는 간식들의
보금자리가 되었다.

귀여운 틴케이스에
가득 찬 간식을 보는
재미가 쏠쏠하다.

전통과자
앙금을 넣은

쇼로
(앙금 떡)를
아주 좋아한다.
한 입 크기
만쥬도 빠지면
섭섭하다.

포도당캔디
포도당으로
집중력
향상!
상큼하게
포인트!

쌀과자
짭짤한
맛이 가끔
당긴다.

초콜릿
다크와 밀크,
거기에
과일 맛까지
있으면 최고.
판초코, 트러플,
크런치 등.
다양하게
갖추고 싶다.

버터쿠키
쇼트브레드가 좋다.
밀가루와 버터를
듬뿍 넣은 구움과자는
친구.

초콜릿쿠키
초콜릿과
별개로
구비해두고
싶다.

커피
애호가에게
초콜릿은
필수.

간식을 봉지째 보관하면
위에 적은 라인업이 금세
완성되겠지만, 틴케이스에
조금씩 채우면서
슈퍼 버라이어티팩을
만드는 과정이 즐겁다.

개별 포장된 간식은
대부분 대용량이라,
실제로는 두세 가지만
넣어도 틴케이스가
꽉 찬다.

식탁 한구석.
거실장 위.
귀여워서 잘 보이는 곳에
두지만, 그만큼 군것질이
잦아지니 많이 먹지 않게
조심할 것.

일하다 마실 것을
챙기러 나온 김에.

세 시에 먹는
간식으로
기분전환.

이거 먹어~

가끔은
가족에게 주기.

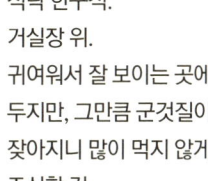

흰 바탕에 꽃무늬가 그려진
귀여운 틴케이스는 아무 데나 내놓아도
단아한 멋을 자랑한다.

채우고, 또 채우고.
취향껏 담은
무한 리필 틴케이스는
앞으로도 계속된다.

지금은
부엌 찬장에
놔두었다.

젓가락 받침

하나씩 고르자

나는 파란색

좋다 나도 갖고 싶어

쓸 때마다 구라시키가 떠오른다.

젓가락 받침 살까.

구라시키*
여행 중,
남편이
잡화점에서
기념품을 샀다.

부피가 작다.
날마다 쓴다.
그리고, 작고 귀엽다.

그 뒤로는 젓가락 받침을
기념품으로 산다.

별명은 '복어회'

기념품으로 먹을 것만
잔뜩 사는 바람에
실물로 남는 게 없다.
그런 경우가 종종
있었다.

GANSIK

습관을 들이지
않았으니 사봤자
무용지물일지도
모른다고
생각했는데…

네~에

젓가락
좀 놔줘~

나에게
젓가락 받침은
'바깥세상' 문화.
식당이나
좋은 숙소에서
내놓는 물건.

첨언
하자면,

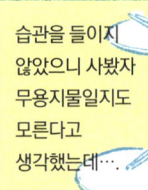

개성 넘치는
디자인도 많아
미니어처를
감상하는 듯한
즐거움.
식탁이 더
흥겨워졌다.

풍부한
캐릭터
상품

젓가락이 가지런히
놓여 있는 모습이
마음에 든다.
제자리가 생겨서
좋다는 생각이
들었다.

와아!

*구라시키(倉敷): 일본 오카야마현 남부에 있는 시.

잠깐 외출했을 때도 젓가락 받침이 보이면 발길이 저절로 향한다.

하코네 기념품 2

하코네 기념품 1

가나자와 기념품

젓가락 받침 콜렉션

제철 음식이나 계절마다 피는 꽃, 여름에는 유리, 겨울에는 새하얀 도기. 젓가락 받침으로 계절을 즐기는 것도 제법 멋진 풍류다.

오랜만에 외출해 신나서 샀다.

잡화점에서 충동구매

엄마한테서 받았다. 이것도 오타루에서 산 듯하다.

오타루 기념품

미피 60주년 기념전에서

벼룩시장에서

잡화점에서 충동구매

추억과 함께 늘려가야지.

한번은 식당에서 제각기 다른 젓가락 받침이 나와서, 자연스레 한데 모아두고 감상했다.

식탁 위의 자그마한 존재가 마음을 녹인다.

평생 쓰고 싶은
머그컵이 두 개 있다.

하나는 신초분코*의 사은품.
든든한 작업 파트너.
학생 시절부터
소중히 쓰고 있다.

머그컵

Yonda? CLUB
신초분코에서 여는 캠페인

하지만,
네 종류
가운데
랜덤으로
발송한다는
공지.

화가 아니거든.

펜이 그려진
디자인.
문호에서
본땄을 테지만
화가 같다며
혼자서
좋아했다.

고마워!

마크를 주는
아이도
있었다.

문고본 표지 끄트머리의
마크를 모으면 받을 수 있던 것.
머그컵 그림을 그린 100%ORANGE
작가의 팬이기도 해서
열심히 모았다.

착하다

이거
모으지?

머그컵 외에도
다양한 경품

!!
‥‥
!
헉…
!!!!

몇 달 뒤.

응모한
날부터 쭉,
'펜이 그려진
머그컵이
당첨되게
해주세요'
하고 날마다
빌었다.

신초샤에
기도가
전해지지
않았을까
싶을 만큼.

Yonda? CLUB
팸플릿에도
대고 빌었다.

당시는
먼 꿈이었던
그림 그리는 일을
어느덧 하고 있고,
작업용 책상 위에
이 컵이 있다.
축하해, 과거의 나.

*신초분코: 일본 출판사 신초샤에서 발행하는 문고 브랜드.

손바닥에 쏙 들어오는
동그란 모양새.
작은 손잡이.
절묘한 파란색과 크림색.
그림책처럼 빛바랠 일 없는
앙증맞은 컵.

또 하나는
미피 60주년
기념전 굿즈.

귀여운 컵으로
마시는 코코아에
푹 빠졌지만,
산 지 얼마 되지
않아 깨뜨렸다.

이 컵을
쓰다 보면,
옛날에
용돈으로 산
미피 머그컵이
생각난다.

이것도
파란색이었다.

커피, 코코아,
동그랗게 생겨서
수프도 어울린다.

안에 그려진 미피가 눈금
역할을 해서 편리하다.

60 years with

미피
눈까지
부어야지.

찻잔도
있다.

물건을
오래 쓰는
본가에 그대로
있었다. 반가워서
얼마 전
가져왔다.

어릴 때부터
내 머그컵은
미피였다.

ASAHI BANK
사은품

컵을 새로 장만해도
두 머그컵에 자꾸 손이 간다.
특히 아끼는 두 개.

앞으로도 잘 부탁해.

3대의 식기, 후편

밋밋하던 식탁이
다채로워지고,
집에서 먹는
식사가 더
즐거워졌다.

가족에게
얻어 와서
순식간에
불어난 식기.

그 덕에
우리 집에
어울리는 접시도
차츰 알게 되었다.

오늘도 이거
써야지~

종류가
풍부해져서
기분이 아주
상쾌하다. 사실은
부족했나

그런 생각도
잠시뿐,
잔뜩
받아 왔다.

생활잡화, 그중에서도
식기가 정말 좋다.
그러니만큼
신중히 늘려야겠다.

일단
충분하니까...
물건을
오래 쓰는
편이니까...

수납에도
한계가
있고

하양고 우묵한 그릇.
외조부모님 댁에서 온
이 그릇은, 우리 집 식탁
간판 멤버로 자리
잡았다.

과하지 않은
물결모양,

잡기 쉬운
테두리,

딱 좋은
깊이,

깔끔한
디자인.

카레,
햄버그스테이크,
돼지고기 생강구이.
ㅡ경양식집에 있을 법한
메뉴와 잘 어울린다.

카레를
담으면 식당
느낌

함께 얻어 온 스테인리스 식기하고도 찰떡궁합

한꺼번에 담는
반찬부터 따로따로
내놓는 메인 요리까지,
국물 요리에도 안심.ㅡ

그렇게 생각했는데….

지금 취향대로라면 새하얀 건 안 쓸지도.

그리고 한동안 피했던 흰색.

심플 < 색이나 무늬가 있는 것

※ 외조부모님네

그러고 보니 전부터 조림을 담기 좋은 큰 접시가 갖고 싶었다.

절구처럼 생긴 / 이런 거

고기 감자 조림 같은 요리를 담는 이미지

하긴, 우리 집은 살짝 깊은 접시면 충분해 보인다.

만능~

SNS에 올렸더니 비슷한 접시를 갖고 계신 분들이 있어서 재미있었어요. 한때 유행한 디자인일지도.

여담

똑같네!

가져오길 잘했다~

색과 무늬가 다채로워진 지금, 어떤 접시 옆에 놓아도 어우러지는 흰색의 포용력.

새로 산다면 아직 없는 디자인이 좋은데.

다른 접시랑 같이 놓아도 어울릴 법한 거로.

자주 쓰는 접시는 있으니까….

테두리가 있는 디자인

넓은 가장자리

무늬…

볼 형태

무지…

바닥이 깊은 접시도 종류가 다양한걸.

자주 쓰다 보니 우묵한 접시를 더 들이고 싶어졌다.

프랑스산 흰색 접시를 온라인으로 구입.
흰색의 매력을 재발견했지만,
무늬가 들어간 것도 갖고 싶던 차여서
딱 원하던 접시였다.
넉넉한 크기가 분위기 있어서,
음식을 예쁘게 담는 법도 연구해보고 싶다.
덩달아 분발하고 싶어지는 그릇.

평범한 식사에도, 진수성찬에도 안성맞춤!

세토야키 SUIYO의 파스타 접시.
좋아하는 색인 초록색 접시를 찾다가 만났다.
윗면 전체에 무늬가 들어간 점도 신선하다.
밥을 먹다가도 시선을 빼앗기는 아름다움!
파스타가 훨씬 그럴싸해진다. 묘한 친밀감이 있다.
일식, 양식 어디에나 어울린다!
노란색이나 빨간색 재료가 들어간 요리와 잘 어울린다.
외조부모님네 접시와 나란히 간판으로 떠올랐다.

와~아! 선물 들어왔다!

맛있는 양갱

가져온 직후

아, 그 접시다!

다섯 개 세트니까 나눠 갖자.

언니

무슨 소리야! 귀엽구만. 정말 필요 없어?

그럼 일단 챙겨나 볼까.

쓸 만한 데가 없네.

얻어 온 식기 가운데는 조금 희한한 것도 있었다.

※외조부모님 댁 정리 중.

참 수수해서 좋다. 왜 필요 없다고 생각했을까…. 언니의 센스에 감사.

옻칠에 금박. 디저트픽은 칠보공예.

혼자서는 만나지 못했을, 소박한 전통 접시.

와~ 괜찮네! 괜찮아! 좋은데!

디저트픽은 본가에서

전통미~!!

세트로 갖추지 말고, 사이즈만 통일해서 하나씩 사면 모을 만하지 않을까~. 무늬가 다 달라도 귀엽잖아.

꽃무늬 접시 같은 곳에 케이크 담으면 예쁜데.

식기의 늪

케이크 접시도 있으면 좋겠다.

전통 과자에는 이 접시! 일상적으로 쓰는 게 아닌, '특별한 접시'여서 마음이 들뜬다.

콩떡이나 경단 담고 싶어!

자주 드나들던 잡화점에서
꾸준히 눈여겨본
티 세트가 있었다.
학생
신분에는
그림의 떡.

식기라고
하면 떠오르는
학생 시절
쇼핑.

무턱대고
늘리지 말자고는
마음먹었지만.

이런
두근거림을
한동안 잊고 산
것 같아.

식기를 받아 온 뒤로

고민하는 시간.
멋진 식기를 쓰는
생활을 향한 선망. 즐거움.
모든 감정의
원점.

쪼그매서
귀여워~

우유를 타
먹지
않아서

간장
담을 때
썼다.

졸업하기 전,
주머니 사정에
맞는 밀크
피처를 샀다.

절감하는 중…

밥맛도 더
좋아져서,
식기 수집을
그만두기는
틀렸다.

초록색 접시에
노란색 카레라,
아름답군….

더운 날에는
유리 그릇에
소면!

날마다 쓰는
물건이기에
더더욱.

오늘은
이거로

식기는
아무거나
써도 되지만,
그렇다고
아무거나 쓰면
안 된다.

더 안 들어 가…

이왕 놓는 거 커다란 수납장…

수납장을
빼곡히 채우는
미래가
그려진다.

본가에서.
생선구이, 회,
달걀말이.
일식 그릇의 정석!

본가에서

베야키. 식탁이 멀끔해진다.
한 과자나 반찬 접시, 앞접시, 간장 종지로.

좋아하는 식기
소개 시간

유리공예 작가
나와다 와카나의 작품.
다부터 술까지,
여름의 간판 멤버!
손에 착 감기는 사이즈도 좋다!

외조부모님 댁에서

손잡이가 귀여운
스테인리스 식기

빈티지 가공

두꺼워서 안정감이 있다.
소바 장국, 요구르트,
아이스크림, 과일, 냉두부 등. 편리하다!

호텔 식당에서 보고 귀엽다고
생각했는데 판매도 하고 있었다.
직접 쓴 식기를 기념품으로
살 수 있다니 좋다!

외조부모님
댁에서

체리!

본가에서

아이스크림 브랜드
레이디 보덴의
경품이었다고 한다.
아이스크림을
담아 먹으면 특별한 기분!

짙은 파랑이
예쁘다.

반질반질한 물엿색이 먹음직스럽다.
초여름에 얻어 와서, 여름 내내
차가운 면 요리를 잔뜩 담았다.
샐러드에도 어울린다.

외조부모님 댁에서.
어릴 때 놀러 가면 이 그릇을 썼던 것 같다.
기후현의 무츠미가마.*

아사히야 유리 가게
쇼와풍 판유리를 쓴 접시.
SNS에서 유명해서
샀다.

본가에서. 동화 같은 그림 접시.
얻어 온 네 개 모두 그림이 다르다.
이건 『빨간 머리 앤』 모티브일까?

바쿠로초**에 있는 잡화점에서

전 직장을
그만둘 때
산 접시들

도예가 사카이
미카의 작품.
손으로 모양을 잡아
만든 도자기.

이가 살짝 나갔다.

세토야키 SUIYO.
빵, 케이크, 반찬,
어딘에나 쓰기 편하다.
색과 무늬가 아름다워서
쓸 때마다 설레는 접시.

식탁에 은근한 생기를 더하는
사랑스러움.

외조부모님 댁에서.
꽃잎 같은 디자인, 갈색 테두리,
모래 느낌이 나는 소박한 식

첫 빈티지 식기.
홀 케이크를 담을 수
있는 커다란 그릇이
갖고 싶어서 찾아낸
케이크 접시...지만
샐러드에 쓴다.

좋아하는 접시!! 여기저기 쓰기 좋다.
지름 20cm 정도 되는 평평한 접시는
많을수록 든든하다.

*무츠미가마: 맑은 푸른색이 특징인 도자기.
**바쿠로초(馬喰町): 일본 도쿄도 주오구에 자리한 동네.

나는 이거.

뭐 그릴지 구상해 왔어.

나도!

내가 생각한 도안은 테두리를 빙 둘러싼 꽃무늬 하나, 전면에 들어간 꽃무늬 하나.

당시에 자주 찾아본 앤티크 접시를 참고했다.

으~음

갖고 싶었던 꽃무늬 접시를 만들자! 케이크 담아서 먹어야지.

내 평소 화풍으로는 괜찮은 게 떠오르지 않았지 뭐야.

붓으로 제시간에 그릴 자신이 없어…

역시…!!!
눈 부 셔

스케치를 제대로 준비해서 왔다.

고민 끝에 대략적인 구상만 해 온 사람

역시나 그림을 업으로 삼은 사람들.

연필로 밑그림 그려도 돼요. 구우면 날아가거든요.

무슨 색으로 하지…. 좋아하는 색으로 해야겠다! 초록!

오오! 편하다!

접시 돌려가면서 그리기 힘들죠? 여기 돌림판 쓰세요.

붓질 어려워~.

두 시간 동안
저마다
접시 두 개에
그림을 그렸다.

작품이네
작품!

전시
하거나
팔아도
되겠는걸.

역시 다른
사람들처럼
자기 화풍대로
그려도 좋구나.
다음에
도전해보고
싶어!

학생들 예시작으로
써야겠다

한데
늘어
놓으니
장관!

완성한
접시로
다과회를
열고 싶다.

접시는
구운 다음
택배로
받아볼 수
있다.

감사
합니다!

끝나기 무섭게
다음에는
무엇을 체험할지
이야기꽃을
피웠다.

차 또는 커피

조금 크[모]직[크]하면 수프도 담을 수 있지 않을까...

컵과 컵받침을 만든다면...

상상의 시간

제 3 장

맛난 게 제일 좋아

식탁에
음식을 잔뜩
벌여놓고,
느긋하고
여유롭게
즐기는 사치.

마음과
시간이
널널해진
주말의
특별한 식사.

스페셜 브런치

저녁 먹고
준비.

묵직

부지런히 일을
마무리하고, 계획적으로
장 보기.

그러려면 준비가 필요하다.
제법 손이 간다.
전날까지 하겠다고
마음먹는 것부터 시작이다.

마감도 오케이.
주말 계획도 딱히 없음.
최고의 타이밍.

…그러면 좋겠지만,
동영상을 보거나 하며
늦게까지 깨 있는다.
주말이니 어쩔 수 없다.

내일을 기대하며
일찍
잠자리에
든다.

지난 라디오 방송을 BGM 삼아 작업 시작.

할 일이 많다. 아직 덜 깬 머리로 순서를 정리하고….

이르면 이를수록 이상적이다. 아홉 시쯤 일어난다. 한가한 주말. 좋았어.

이튿날.

평소 빵에 얹어 먹는 재료와 거의 똑같지만, 한꺼번에 준비하는 것만으로도 호화로운 느낌.

크림치즈와 초콜릿은 데워서 부드럽게 만든다.

Cheese

야채나 과일은 얇게 썬다.

간간이 집어 먹기

비엔나 소시지를 그릴에 던져두고,

야채, 과일, 토핑 준비.

아뜨뜨

한 장, 또 한 장….

반죽을 굽는다. 파티셰 친구가 알려준 노하우대로 전날 반죽을 만들어 냉장고에 식혀둔다.

꽉 찬 식탁을 보고 싶어서
준비하는 것 같다.
가끔씩 맛보는 즐거움.

크레이프 파티.

먼저 식사용.
비엔나소시지, 치즈,
야채 듬뿍.

커피를 내리고,
드디어 준비 끝.

또
접
고

접
고

후
~
고
생
했
다

잘
먹
겠
습
니
다

이번에는 ······ 으 ─── 음

좋아하는 재료를
좋아하는 만큼.
직접 만들어 먹는
크레이프의 묘미.

초콜릿 생크림 꿀

뭐로
할
까?

크림치즈

딸기

바나나

다음은
달콤하게.

얍

생크림   휘핑 완료

75

만 족

오늘은
이쯤에서…

밀가루 음식은
배가 서서히
부른다.

가끔
무시했다가
후회한다.

'한 장 더 먹을까'
싶을 때쯤 참고
마무리하면 딱
좋다.

남은면
냉동

식사➡디저트를
두 번 반복할지,
식사➡디저트➡디저트로
마무리할지….
서너 장 정도가
적당하다.

배불리 먹자마자
다음 라인업을
상상하곤 한다.

미처
다다르지 못한
아이스크림 단계

아이스크림과
제철 과일로
디저트 느낌을
잔뜩 내도 아주
즐겁다.

담백하게 먹고
싶은 날에는
치즈나 생크림
대신 꾸덕한
요구르트.

평소 아침에
빵과 자주 먹는
토핑은 물론,
생햄이나 조금
좋은 치즈도
곁들여 사치를
부린다.

좋은 휴일.

든든한 배와
성취감.

출출하면
간식이라도
먹지 뭐.

천천히 준비해서
천천히 먹기 때문에
다 먹을 쯤이면
점심때가 되어간다.

점심
안 먹어도
되지?

그래서 브런치

후~
….

평범하게 지은 밥과 반찬도 얼마든지
스페셜 브런치가 될 수 있지만,
한참 예전에 갔던 대만 여행에서
조식이 죽 뷔페 같았던 게 떠올라요.
잔뜩 늘어놓은 토핑에 무한 리필.
아플 때 먹는 음식으로만 여겼던 죽이
즐거운 식사로 탈바꿈해서 신났어요.

죽

기억 속 죽 뷔페에는 쓰쿠다니* 같은
반찬, 야채 절임, 고기 고명,
달걀 볶음이 있었던 것 같아요.
죽에 섞어 먹어도 좋고, 접시에 따로 덜어 먹어도 좋고.

뷔페에 죽이 있으면
뭘 좀 아는데~ 싶다.

호텔 조식 뷔페에 빵과 밥,
죽이 전부 있을 때는 죽을 고르게 되었어요.
가끔 먹는 뭉근한 죽은
공복에도 속이 편하고,
매일 아침 이렇게 먹고 싶다는
생각이 들게 합니다.
그래도 집에서는 여전히 빵을 먹지만요.
아침이 기다려질 만큼 맛있게
죽을 쑤는 법을 연구하고 싶어요.

*쓰쿠다니: 생선이나 조개, 해조류 등을 달콤 짭짤하게 조린 요리.

밀가루를 쓴 양식

그 밖의 스페셜 브런치

핫케이크

본고장은
클로티드 크림을
발라 먹던가

스콘

예전에는 둘 다
다양한 토핑을
곁들여 먹었지만,
배가 금방 차기 때문에
간단하게 버터에 꿀
조합이 좋다.

새근새근

전날부터 마음을 먹거나…

내일 가야지

지금 가도 되겠는데!

볼일을 일찍 마치거나…

후~ 이제 조금 남았다!

일이 끝나거나…

점점 자주 들른다.

언제 먹어도 맛있는 동네 파스타집. 장인의 가게.

점심 오늘의 추천 메뉴

동네에서 먹는 점심, 후편

카운터 의자가 낮아 앉기 편하다.

좋은 가게를 발견하면 '동네에 있으면 좋겠다' '동네에 있으면 단골이 됐을 텐데' 생각하는데, 그런 가게가 실제로 존재하는 행운이라니.

지금 집   장인의 가게

새집

이사를 가게 되었기 때문이다. 말이 그렇지, 전철로 두 정거장 떨어진 곳. 자전거로 20분 정도.

그래도 지금처럼 아무 때나 편하게 오기는 어려울 테니, 올 수 있을 때 많이 와두자.

이 입지를 고른 장인에게 고마울 따름이다.

가쓰오부시 참마 페페론치노 곱빼기요!

이 동네에 이 가게가 있다. 동네에 애착이 생긴 이유 가운데 하나라 해도 과언이 아니다.

칠판에 쓰인 메뉴를 보는 것도 두근거려.

다른 메뉴도 궁금해~

혼자서 다 준비하는 장인을 괜히 걱정하며…

그간 들였을 정성과 시행착오에 가슴이 설렌다.

가쓰오부시 참마 페페론치노

자주 바뀌는 추천 파스타. 제철 채소나 독특한 조합을 쓴다.

살시차*와 봄 야채 유채와 햇양파 등등

맛이 진한 고기 계열이나 크림 파스타를 특히 좋아하지만, 장인이 만드는 오일 파스타가 굉장히 맛있어서 지금은 그쪽이 더 좋다. 집에서도 즐겨 만든다.

원래도 좋아했던 파스타가 더 좋아졌다.

맛있어~!!

오늘도 감사

가지 앤초비 토마토소스

한동안 못 갈 때는 구글 지도 리뷰에 올라온 사진을 구경한다.

가게를 알기 전에 팔던 메뉴도 제법 매력적이어서, 그 맛을 본 사람이 부럽다.

파스타 두 종류 …… 파스타가 좋아요! 같이 간 일행은 또 다른 재방문할게요! 조용한 사장님 ……

이사 말고도 더 자주 들르게 된 작은 해프닝이 하나 있다.

맛있었어요. 이날은 게살 토마토 스파게티 …… 에피타이저와 수프도 맛있었음. 곱빼기로 시키면 …

*살시차: 이탈리아식 소시지.

나 혼자가 아니다.
많은 동네 주민에게
사랑받는 가게다.

한산한 분위기가
익숙했던
나는 화들짝 놀랐다.
가게는 거의 만석.
그동안 오후 늦게
방문해서 사람이 없을
뿐이었다.

다음 날 점심.
정오에 딱
맞추어 가보았다.

부디 장인의 파스타를
오래오래 맛볼 수
있기를.

괜찮아요!

시간 좀
걸리는데
괜찮으시
겠어요?

이 해프닝 직후 이사가
정해져서, 더 자주
들르기 시작했다.

다음에는
한산할 때
와야지.

'우리 동네에 있으면
좋았을 텐데. 이 역에
올 일이 있으면 또
들를게요.'

'계속
장사했으면
좋겠어요.'
'응원
합니다.'

이 에피소드를
그리려고
다시 살펴보니
리뷰가
늘어났다!

맛있었습니다~

이 근처에서
외식도 하세요?
가게가 얼마 없어서
점심 먹기 힘들죠~

그리고
보니,
이사할
집을
보러
가던 때

격한
공감

자전거를 끌고
또 와야지.

당장 내가
먹을 기세로
추천을
했다.

강력 추천!

이 언덕
내려가면
있는 파스타집!
엄청
맛있어요!

오~
한번
가볼게요~.

최애 파스타

집 파스타

좋아하는 음식 순위 현재 1위를 차지한 파스타.

면과 소스를 각자 먹을 만큼 덜어 가는 방식

어릴 때는 스파게티라는 명칭이 더 보편적이었던 것 같다. 본가에서는 주말 점심으로 먹곤 했다.

좋아하는 음식이 많아 우열을 가리기 어렵지만, 집에서도 밖에서도 자주 먹어서 1위로 정했다.

집에서 음식 순위 이야기가 나와서….

교자
감자
버터샌드

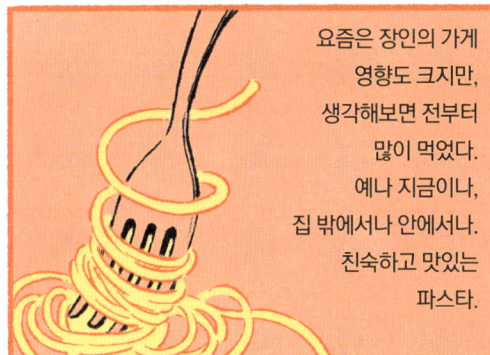

요즘은 장인의 가게 영향도 크지만, 생각해보면 전부터 많이 먹었다. 예나 지금이나, 집 밖에서나 안에서나. 친숙하고 맛있는 파스타.

그리운 물가…

자취를 시작했을 때, 파스타 1kg을 98엔에 파는 가게가 있어 애용했다.

우리 집 간판 파스타

미트소스

잘게 썬 양파와 다짐육을 올리브유에 굽고, 케첩이나 츄노소스*, 콘소메로 맛을 낸다. 파스타 면수로 농도를 조절하고 마지막에 버터 한 조각. 삶은 파스타면을 넣은 다음, 불 위에서 소스를 비비면 완성.

토마토 통조림을 쓸 때도 있지만, 케첩으로 가볍고 쉽게 간을 하는 게 좋다. 소스가 남으면 다음 날 빵에 발라 먹거나 도리아를 만든다.

올리브유에 맛간장을 살짝 넣어 간단하게. 참깨를 잔뜩 뿌린 어느 카페 메뉴가 맛있어서 흉내를 낸다.

명란 파스타

둘 다 파를 듬뿍!

뱅어 페페론치노

올리브유를 유화하는 데 성공한 건지 매번 잘 모르겠다. 면수를 넣을 때 '요리하고 있다~!' 라는 느낌이 들어 좋다. 양배추와 파를 넣기도.

어쩌다 나온 대화였는지는 까먹었지만 직장인 시절 상사의 가르침을 잘 지킨다.

섞을 때 어렴풋이 떠오른다

그러면 맛이 잘 배거든!

파스타 소스는 불에 올려서 면이랑 잘 섞어야 하는 법.

시판 파스타 소스의 힘도 자주 빌린다. 토마토나 마늘, 베이컨을 더 넣기도 한다.

정말 감사합니다.

*츄노소스: 돈가스소스와 우스터소스의 중간 농도를 지닌 소스.

84

파스타 계량기를 떠올리며…

그래서 말인데….
파스타 1인분 100g을 다들 어떻게 계량하나요.

저는 이렇게.

괜한 생각을 해서 매번 잔뜩 삶고 만다. 파스타 계량기를 사면 해결되는 문제인데, 계속 이 상태.

오늘은 유독 더 많네

부족하면 불안하다

부족해 보이는데….

스윽

집에서 먹으니 모양새에 그리 신경 쓰지는 않지만, 그래도 예쁘게 담으면 기분 좋다.

파마산 치즈, 파슬리, 마무리로 후추와 올리브유를 살짝…

OLIVE

정리하자면, 여럿이 먹는 요리는 나의 취향을 적당히만 반영하고, 모두가 먹기 좋게….

하지만 좋아하는 음식이니까, 가끔은 마음대로 만들고 싶기도 하다.

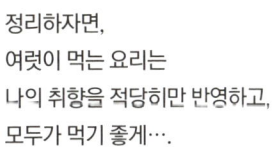

커다란 그릇에 산처럼 쌓아두고 각자 덜어 먹는다.

위에 그린 그림처럼 가루 치즈를 뿌려서 푸짐하게 내놓았을 뿐인데,

외식하는 기분이네.

엄마가 좋아하던 모습이 괜스레 기뻐서 가끔 생각난다.

라고.

그러고 보니, 몇 년 전 본가에서 나폴리탄을 만들 때.

먹을 사람~

저요~

혼자서 즐기는 저녁 파스타

마늘을 엄청 좋아해서,
질리게 먹을 각오로
잔뜩 넣어
파근파근한 통마늘을
즐기기도 하고….

때때로 혼자 먹는 저녁.
직접 차려 먹는다면
역시 파스타.

남편은 싫어하지만
나는 좋아하는 재료와 소스를
마음껏 넣어 먹을 기회.

고등어 통조림 토마토

명란

크림은
혼밥이 주는
즐거움.

크림

버섯을 듬뿍.
욕심을 부려
다양한 종류를
넣는다.

버섯 파스타

하이볼도 만들어서...

내가 만든
파스타도
꽤나 좋아한다.

스으윽

좁은 작업용 책상에서
아이패드를 보며 식사.
잠깐이나마 혼자 사는 기분을
내는 것도 색다른 경험이다.

치즈 가는 도구가 탐난다.

Cheese

토핑
이야기

파스타에는 치즈와 후추를 기본으로 토핑하고 생파슬리나 쪽파를 뿌립니다.
치즈는 고기나 토마토 계열 소스에 뿌린다고만 생각했는데,
장인이 페페론치노 같은 오일 파스타를 비롯해 거의 모든 파스타에 뿌리는
모습을 본 뒤로는 저도 무엇이든 마음껏 뿌립니다.
그동안 사본 적이 없는 생파슬리도 따라서 쓰기 시작했어요.
말린 파슬리 가루보다 향도 강하고, 선명한 초록색이 먹음직스럽습니다.
'꼭 식당에서 먹는 것 같다~' 하고 들뜬 마음을 안은 채
토핑으로 마무리하는 순간이 좋아요.

집에서는 누구 눈치 볼 필요도 없으니 잔뜩 뿌립니다.

이제는
그 심정을
알겠다

우물…

파슬리를 다질 때면,
고등학생 때 친구가 햄버그스테이크 같은 요리에
곁들여 나오는 파슬리를 "나 이거 좋아해!"라며
기쁘게 먹던 모습이 떠오릅니다.

두유 소면
두유+장국

여름,
파스타 말고
다른 면

이것도
토핑하기 즐겁다.

중국식 냉면

참깨 소스가 좋다.
야채 가득.

기분 좋은 상태로 몇 발짝만 걸으면 침대.

먼저 잘게

여기까지만 마셔야지 오늘은 연하게~

좋아하는 술을 내 페이스에 맞게.

되도록 목욕까지 마치고,

개운

직장인 시절 습관이 남아, 달력에 충실하게 보내는 나날. 끝내 다다른 주말에는 술이 기다린다.

몰아서 보자!

어! OTT에 올라왔네!

뭐 볼까?

애니메이션과 드라마, 영화, 스포츠. 텔레비전을 보며 느긋하게 빈둥빈둥.

집술을 즐기는 법은 나이가 몇이 되든 크게 변하지 않는다.

가끔은 텔레비전을 뒤로하고 밤늦게까지 수다 삼매경.

오쿠보*로 회사 다녔을 때 말야~ 했던 얘기 또 하기

아~ 그랬지

이런 나날이 변함없이 즐겁다.

한 편만 더 보자.

그만 볼까?

잠깐 멈춰봐! 더 마실래~.

호호호

아, 나도!

일시정지

*오쿠보(大久保): 일본 도쿄도 신주쿠구에 위치한 지역.

지금도 좋아하지만 배가 금방 차서 말이지~.

그때는 오히려 밖에서 많이 마셨다.

20대에는 무조건 맥주. 크래프트 맥주 열풍까지 가세해서 여러 종류를 골고루 맛보는 즐거움이 있었다.

내 취향이나 페이스를 알았기 때문일까.

나이를 먹을수록 술이 점점 좋아졌다.

맥주 말고도 관심은 가지만, 뭐가 좋은지….

스위트… 드라이… 풀보디… 떫은맛… 라벨이 멋지니까 이거로 살까.

?

돌아가는 기차역에서 팔고 있었다.

한정판매

어제 그 술이다!

맛있었는데!

내가 좋아하는 일본주, 나라현의 '카제노모리(風の森)'는 오사카 여행에서 처음 만났다.

이거 추천해요

마셔본 적이 별로 없는 술도 마음에 드는 걸 하나 찾으면 단번에 친밀감이 생긴다.

어! 오랜만이네! 사야지.

내가 아는 몇 안 되는 술. 어쩌다 가끔 술 가게에서 발견하면 옛 친구라도 만난 듯 반갑다.

신사이바시*의 이자카야

일본주랑 와인은 프루티하거나 달달한 게 취향인가 봐.

달고 맛있다! 이거 마음에 들어!

그 뒤로 남편과 나 둘 다 좋아하게 되었다.

FOX VILLAGE

아! 이 와인 라벨 친구가 그렸는데!

FOX VILLAGE

FOX VILLAGE 햇빛 어금은 나이아가라 포도 달달한 와인

일본주보다 장벽이 더 높게만 느껴졌던 와인.

드라이브하다 들른 휴게소.

시즈오카현 스바시리에서. 와인은 야마나시산.

일러스트레이터 오요로의 작품

*신사이바시 (心斎橋): 일본 오사카에 있는 번화가.

하이볼!

식사와 함께 느긋하게 술을 즐기고 싶은 나의 단짝.

이날 입었던 바지를 보면 반성한다.

그러나 술이 약해진 요즘.

비틀비틀

아차차

탄산의 상쾌함과 희석되어도 향긋한 위스키.
어느 음식하고나 잘 어울리는 친화력.

강한 탄산수를 찰랑찰랑

위스키 약간

얼음을 넣고

술을 조금만 타서 오랫동안 마신다.

아이리시, 싱글 몰트, 캐나디안, 블렌디드, 재패니즈. 여러 가지 있어. 스카치,

처음에는 온더록스로 핥아서 맛본다. 스모키한 게 좋다.

위스키도 풍미가 다양하다. 취향을 탐색하기 위한 시음 시간.

남편이 위스키에 빠진 뒤로 맛보기를 거들고 있다.

흠

공부 중

위스키는 병이 멋져서 버리기 조금 아깝다. 하나는 꽃병으로 쓴다.

산토리 ROYAL

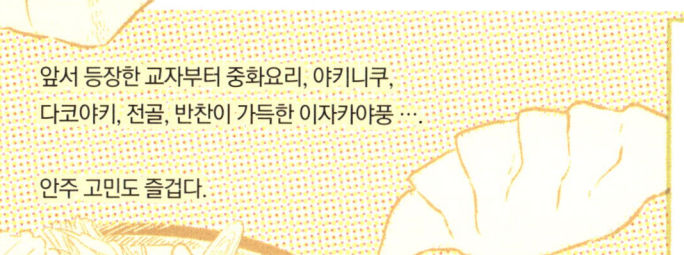

앞서 등장한 교자부터 중화요리, 야키니쿠, 다코야키, 전골, 반찬이 가득한 이자카야풍 ….

안주 고민도 즐겁다.

술안주도 식탁을 빛내는 주역.

어릴 때는 오히려 별로였는데 신기하다.

추천 안주라면

뱅어

무건 것을 얹어서 간단하게!

튀겨서 절이거나 덴푸라로 해 먹거나 그대로 굽거나

좋은 봉투에 넣어 소금을 치고 전자레인지에 돌린다.

파스타

은행

굴

감바스 알 아히오

술을 마시는 어른이 되면서 좋아진 것들이 있다.

좋아 하는 거야 수도 없지만….

야채 풍미가 좋다. 집에서 술을 마시는 날은 야채 섭취가 부족해지기 쉬운데, 산더미처럼 만들어 먹을 수 있어 일석이조다.

올리브유를 살짝 두르고 소금과 후추를 적당히 뿌려 구우면 끝!

알루미늄 포일& 생선구이용 그릴.

똑같은 재료로 간을 한 야채구이.

바싹 구운 유채와 쑥갓, 잎새버섯이 좋다.

오일을 왕창 쓰자니 조금 아까워서, 요즘 자주 만드는 건

그리고 마늘! 올리브유, 마늘, 소금과 후추 조합은 실패하는 법이 없기에 감바스 알 아히오도 자주 만든다.

*샤우엣센: 닛폰햄 주식회사에서 제조하는 비엔나소시지.
**이토햄: 일본의 가공식품 브랜드. 닛폰햄과 더불어 일본 4대 햄 브랜드로 꼽힌다.
***판체타 지롤라모: 일본에서 활동하는 이탈리아 출신 탤런트.

이거다
이거

그리고 요리하기
귀찮을 때나
메인 요리가
고민이 될 때는
역시 이것.

슈퍼 치즈
코너에서 파는
얇은 피자.
그대로 먹어도
맛있지만 재료를
더해서 즐긴다.

뱅어와 파

이토햄**
라 피자
마르게리타

한때 패키지에 얼굴이 들어갔다.

우리 집에서는
지롤라모***라고
피자라고
부른다.

치즈도 추가

돌마토 샤우엣센*

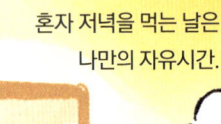

하

혼자 저녁을 먹는 날은
나만의 자유시간.

영화

주말에는
파티도 하고.

다코야키
파티!

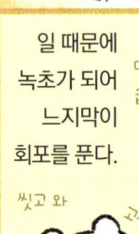

일 때문에
녹초가 되어
느지막이
회포를 푼다.

씻고 와

다녀왔습니다~

겨우
끝났네

고생했어~

음~
하지만 오늘도
고생했으니
한잔할까!

다가올
주말을 위해
조금만 더
힘내자!

소소한
즐거움을
선사하는
달콤한 한때.

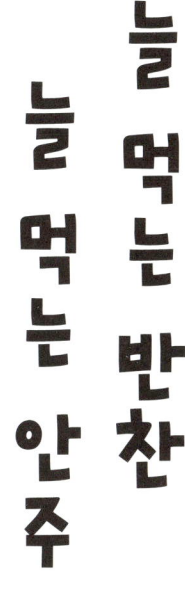

늘 먹는 반찬
늘 먹는 안주

저녁의 단골 메뉴.
술에 곁들일 때는
토핑을 추가해
이자카야 느낌을
더합니다.

자주 만드는 감자 샐러드.
듬뿍 채썬 양파와 감자만 넣은 심플한 감자 샐러드가 기본.
나머지 재료는 그때그때 마음 가는 대로.
보관하지 않고 만들자마자 먹기도 해서,
야채는 물기를 짜지 않은 채
따뜻한 감자에 섞어 촉촉하게 만듭니다.

양파 플레이크나 반숙 달걀을 얹으면
이자카야 느낌이 나서 즐거워요.

반찬계의 간판 스타, 달걀말이.
술을 마실 때는 명란젓, 부추, 파 같은
재료를 넣고 싶어집니다.
평소에는 번거로워서 생략했던 무도 잔뜩 갈아요.
일본주가 당기는 맛.

친구 집에서 먹은 뒤로 우리 집에서도
만들기 시작한 순무 마리네이드.
맛국물로 유명한 브랜드, 닌벤의 홈페이지에
실린 레시피처럼 백간장으로 만드는
마리네이드를 좋아해요.
평소에는 순무만 넣고,
한잔하는 날에는 생햄을 추가.
간은 똑같이 하고 야채만 바꾸어도 맛있어요.

메이지
홋카이도 도카치
스마트 치즈 체다

포슬포슬한 식감.
야금야금 먹는다.

슈퍼에서 사는
상비용 안주

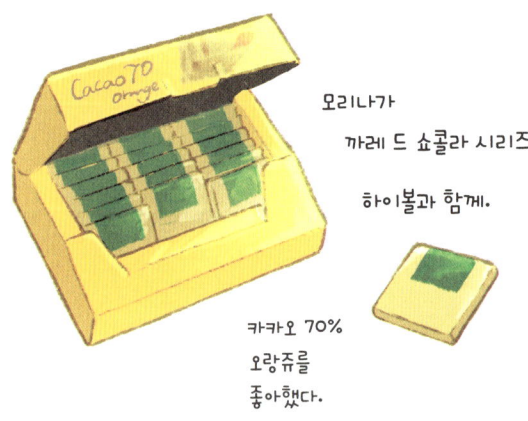

모리나가
까레 드 쇼콜라 시리즈

하이볼과 함께.

카카오 70%
오랑쥬를
좋아했다.

제 4 장

새로운
식탁

텅 빈 집에서 소풍

흔들리는
전철에
몸을 맡겨
두 정거장.

커피도
마시고
싶다.

가는 길에
생각하는
점심 후보.

오늘은 역 앞
슈퍼에서
파는
주먹밥으로
결정.

잠깐 외출.

주택가
사이를
지나간다.
초록색과
밭이 점점
많아진다.

언덕을
오르락내리락.

자리에서
일어나
부엌으로
향한다.
기분을
전환하는 시간.

'차 한잔
해야지.'

차 이야기

어쩌다
차를 마시기
시작했더라.

내내 집에서
일하니까 드링크
바처럼 음료를
알차게 갖추고
싶었는데, 정신을
차려보니 종류가
아주 풍부해졌다.

왠지 어른스러워 보였다.

뚜껑 달린 머그컵에 티백을 우려서, 언제나 밀크티를 만들어 마시던 언니.

발을 들인 계기는 아마 언니겠지.

우유 아니면 보리차

차와 관련된 문화, 도구, 무엇보다 일상적인 루틴으로 등장하는 티타임이 로망이었다.

영국이 배경인 만화에는 티타임이 중요한 시간으로 등장했다.

그리고 순정 만화.

야마다 난페이 지음, 『홍차왕자』 (하쿠센샤)
야마다 유 유 지음, 『참참쳐리!』 (코단샤)

수학여행 기념품으로 샀던 작은 가향 홍차 병.

조금씩 아껴 마시던 기억이 난다.

홍차 동아리가 나오는 만화에서 멋들어진 홍차 이름을 잔뜩 익혔다.

차를 향한 동경

아무도 안 마시니까

치아키가 독립한 뒤로는 집에 녹차 없어.

뭐라고~

엄마

다음에 본가 올 때 챙겨야겠다….

그리고 어째서인지 당시에는 홍차→녹차로 노선 변경

다만 차 끓이는 솜씨는 부족했다.

으, 써.

미안~ 물 더 넣자

아빠

어느새 차 애호가로 자라서 식후 차 한잔이 습관으로 자리 잡았다.

차 마실래?

103

친구가 준
통에 차를
모아두었다.

일본차는 특히 다양하게
구비해둔다.
현미차, 호지차, 검은콩차,
향긋한 차가 좋다.

밥 먹을 때도 어울리고,
커피도 마시니까 카페인이
적은 차를 고르는
경우가 늘었다.

희한하게도
홍차는 선물로
받을 때가
많아서,
그걸 조금씩.

자잘한 티백도
모아두다 보니
간식 틴케이스처럼
버라이어티팩이
탄생했다.

언젠가…
곧……

하지만 종류가
풍부해진
나머지
뒤죽박죽….

빙글빙글 돌려서
고른다.

뭐~로~
할~까~

번뜩

그래, 서랍을 활용하자!

외조부모님 댁에서 식기 말고도 가져온 물건이 있었다.

오동나무 장롱에 딸린 작은 서랍.

작업실에 두고 쓸 계획이었다.

척 척

어느 날 밤….

잠이 안 와…

차…

큰마음을 먹고 한밤중의 기세를 몰아 정리했다.

해치우자!

비슷한 것끼리 나누어 수납해서 깔끔하고 쾌적하게. 차를 더욱 즐기기 좋은 환경이 갖추어졌다.

커피 & 홍차 ➡

일본차 & 기타 ➡

전에 쓰던 통에는 인스턴트 수프 ➡

별미를 찾아
백화점 식품
매장을
어슬렁어슬렁….

한편, 최근 막
이사를 했다.
연말의 한가운데.

맛있는 거 먹고 싶어…
연말의 들뜬 공기
마시고 싶어…

맛있어
보이는
통이다

그새 마음이
바뀌어서 음식
대신 차를 샀다.

유리 포트에 우러나는
깔끔하고 향긋한 차.
날마다 마시는 차 맛이 좋으면
기분이 아주 좋아진다는
사실을 알았다.

멋진 상자 세트를
내가 나한테….
조금 신난다.

연말 선물용.
평소와 다른
조금 특별한 차.

스읍

향 좋다

잇포도차호*

알차게 갖춘 차와
보내는 연말연시.
또 이렇게
해야겠다.

또 하나.
친구가 알려준 뒤로
스스로에게 선물로 주는
TWG의 밀크 우롱.

TWG는 면 재질 티백이
차별화된 느낌을 주어 좋다.

도톰한 천 티백이 고급스럽다!
찻잎인데 깊은 우유 풍미…. 어떻게 이게 가능하지?

*잇포도차호: 교토에 본점을 둔 일본차 전문점으로,
300년이 넘는 역사를 자랑한다.

106

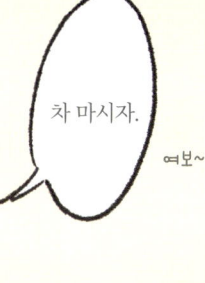
차 마시자.

여보~

조금 좋은 차를 상비해둘까~.

띠로리로 ♪

거의 다 먹었네

어라

뭐 마실래?

방금 커피 마셨으니 녹차로 할까.

일 더 해야 돼?

오늘은 끝! 조금 있다 슈퍼 가자.

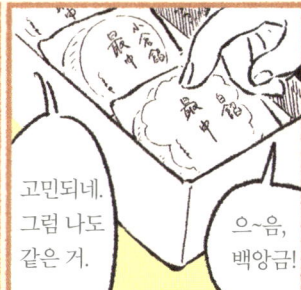
고민되네. 그럼 나도 같은 거.

으~음, 백앙금!

선물받은 모나카 있어~.

식후 한잔, 간식 시간.

휴식, 기분전환,

더 마실래?

'차 한잔하다'라는 표현은 참 좋다.

유리 포트를 깨뜨리는 바람에 커피 서버를 대신 써온 세월….
언니에게 이사 축하 선물을 받아서, 무척 오랜만에
포트가 있는 생활을 누리고 있습니다.
반성의 기미 없이 유리 포트를 부탁했어요. 직화에도 사용 가능.
평소에 쓰는 전기주전자는 용량이 작아서,
물을 한꺼번에 많이 끓이고 싶을 때도 유리 포트를 씁니다.
보글보글 끓어오르는 모습도 신나요.
이제는 절대 깨뜨리지 말아야지!

각 양 각 색 다 기

주둥이가 좁아
물을 따르기
편하다.
온도를
조절할 수
있다.

전기주전자

trendglas - JENA

러셀홉스*

지브리
스튜디오
토토로
찻숟가락

차 필터 백

차 서랍에
함께
보관해요.

찻잎은 통을 털기보다
찻숟가락으로 퍼서
쓰면 편한 것이
당연한 이치.
무엇보다 귀여워서
웃음이 절로 난다.

최근에 알게 된 존재.
엄청 편하다…
그대로 버리면 된다니.
차 거름망은 관리하기
귀찮았는데,
차 필터 백 덕분에
간편히 마실 수 있다!

묵직한 찻잔.
뜨거운 물을 담아도
걱정 없는 두께감.
초밥집 찻잔처럼
앨범 수록곡
제목이 빙 둘러
쓰여 있다.
녹차에는 이 잔!

야나기나기**
콘서트 굿즈

*러셀홉스: 영국의 가전제품 제조사.
**야나기나기: 일본의 싱어송라이터.

보리차를 비롯한 냉침 차를
여럿 구비해둡니다.
냄비 가득 만들어서 식힌 아이스티,
무인양품의 가향 차 등등.
냉장고가 드링크 바처럼 변신해요.
벌컥벌컥 마시니까 주로 논카페인.

실 틈 없는
냉침 보틀

여름의 차

보리차 하니 생각나는 일화.
본가에서 오차즈케*를 먹을 때는 무조건 보리차였어요.
우리 집이 특이하다는 사실을 독립하고 나서야 알았어요.
여름에 생각이 나서, 오랜만에 차가운 보리차를 말아 자박하게.
입맛이 없을 때도 밥그릇을 싹싹 비울 수 있으니, 무더위에 딱이랍니다.
보리차와 잘 어울리는 재료를 찾아봐야겠어요.

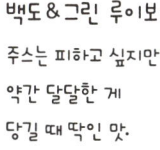

백도&그린 루이보스

주스는 피하고 싶지만
약간 달달한 게
당길 때 딱인 맛.

무인양품
티백 코너를
수시로
확인한다.

쌀밥만.
다른 재료 없이
먹었던 기억이 있다.

꽈리고추는
덴푸라로
만들었다.

토마토를
맛국물에
한나절 재워서
냉오뎅으로.

저녁밥.

저녁에도
오이를
먹었다.
마요네즈와
미소를
곁들여서.

맛있네
술이
당기는걸

진수
성찬이네.

엄청
크다!

어때?
어때?

전부
로컬푸드
랍니다.

요즘
내 몸은
동네
야채로
이루어져
있어.

맛이
깊다는 게
이런 뜻인가.

음음

먹기 미안 무슨

호박...
포타주를 끓여볼까

만들어본 적 없지만
분명 맛있겠지

보통 메뉴를
먼저 정한 다음
장을 본다.
하지만 자판기
라인업에
맞추어 바꿀
때도 많다.

이런 곳에도
있다니!

야
채
직
매
장

또 다른 날
산책길.

보물 같은
장소가
아직 더 있나
보다.

생활의 중심이자
집의 상징.

식탁에는
그런 이미지가 있다.

이야기

식탁

한 명, 두 명, 대인원.
아침, 점심, 저녁.

먹고, 마시고.
텔레비전을 보고,
숙제를 하고.

목제 식탁에 목제 의자.
그 위에 작은 조명을 달았다.

그림으로 그린 듯한 식탁이어서
마음에 쏙 든다.

소원
성취!

우리 집 식탁은
원형이다.

딱히 처음부터
정해둔 것도
아니긴 해.

팔랑

팔랑

← 독립 출판물

원하던 이미지는
실현했지만….

여러 식탁에
신세를 지며
지금에 이르렀다.

지금까지 살아온 삶.
그 시절 썼던 식탁.

본가 식탁은
커다랗다.

묵직하고 두꺼운
원목 상판과 다리.
커다란 벤치와
의자 몇 개.
아빠가 재료를
구해다가 조립했다.
그때는 '일요일 목수'라고
불렸다.

식구가 많은
우리 집은
이 식탁조차
좁았을지도 모른다.

늦게 들어와서
혼자 먹는 밥.

동아리 활동을 하느라
귀가가 늦었다.

휴일에 불판째
놓고 먹는 식사.

시끌

벅적

정신없는
아침.

다녀오겠습니다~!

와구 와구

본가에 가서
스키야키를
먹는 모습

커다란 고타쓰*도 있다.
지금은 이쪽을 주로 쓴다.
식탁은 이제 창고나
다름없어졌다.

피는
못 속인다.

이사 가기 전
밤이면 밤마다

찾아보았다.

그랬어?

몰랐네

아 쫌...

의자는
빈티지로
구했다고.

*고타쓰: 낮은 탁자 아래 난로를 두고 이불을 덮는 일본식 난방기구.

밥을 먹고,
과제를 하고,
텔레비전을 보고,
만화를 읽고,
잠을 자던 공간.

그리고 대학생이
되어 자취를 했다.
누구한테서
물려받았는지 모를
작고 낡은 고타쓰.

내 고정석은
4년 만에
완전히
납작해졌다.

천을 직접
골랐다.

엄마

고타쓰에 덮는 이불과
방석은 엄마가
만들어주었다.

온종일
여기서 지냈다.
나의 둥지.

아직 익숙지 않은 술.
한밤중에 먹는
아이스크림과
도넛.

냉장고에 남은 야채와
비엔나소시지를
넣어 끓인 수프.
동네 슈퍼에서
좋아하는 반찬을
사다가 만든
덮밥.

대충대충

웃차

그 뒤로 시가 친척끼리
식탁을 교환했다.
커다란 4인용
식탁이 우리
집에 왔다.

크다!

커다란 식탁이 필요 없어진 집
↓
조금 더 큰 식탁이 필요한 우리 집
↓
작은 식탁이 필요한 집

그리고 부부가 되어
2인 가구.
작은 식탁을 썼다.

반질반질한
흰색 식탁

좁은 집에서는
벽에 붙이는
수밖에.

여섯 명도 거뜬히
앉을 만큼 커다란
식탁이었다.
전골을 먹기도 하고,
안주를 잔뜩
벌여놓기도 하고.

먹는 걸 좋아하는
우리는 잘만 썼다.

이 집에
생각보다
오래 살면서,
이 식탁에도
꽤나 오랫동안
신세를 졌다.

다음에
이사할 때
바꾸자.
그때까지 곰곰이
생각하자.

즐거운   **상상!**

우리는
작은 식탁이면
충분한가 보다.

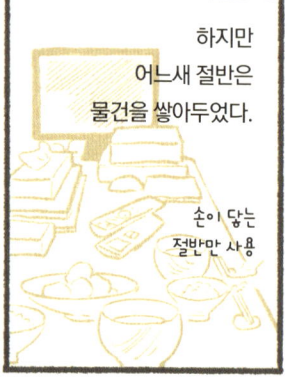

하지만
어느새 절반은
물건을 쌓아두었다.

손이 닿는
절반만 사용

계획대로 이사에
맞추어 새 식탁을
장만했다.

그로부터
몇 년이 흘러
현재.

이사한 지 조금 지났지만,
여전히 이따금 감개무량하다.

빤~

흥

앉고
고민하고...

지름
110cm로
샀다.

여러
가게에서
보고

역대
식탁을 거쳐,
너무 크지도
작지도 않게.
우리에게
꼭 알맞은
크기를 골랐다.

그림 자료로
가구를 찾아보다가
로망을 품게 된,
원형 원목 테이블이
있는 광경.

방 사진에
합성하고
덧그리면서
상상했다.

119

실제로도
효과가 있었다.
이삿짐 상자가
쌓여 있어도,
썰렁한 방이라도,
왠지 모르게
따스해 보였다.

틈새
지나기

방을 그릴 때,
부드러운 인상을 주려고
곡선이 들어간
원형 테이블을
즐겨 그렸다.

목제 식탁은
우리 집의 오래된
식기와도
잘 어울린다.

얼마나 오래갈지는
모르겠지만,
요리할 의욕도
샘솟는다.

함께 나이
들어가는
가구가
이런 건가
생각한다.

관리
용품이랑
식탁보도
사야지.

너무
구석구석
신경 쓰지
말자.

다
그런 법
아니겠어

원목 식탁에
얼룩이 생기기
쉽다는 점은
감안했지만…

순식간에
여기저기
얼룩 탄생.

이건 분명
칠리새우….

돌이켜보면
지난 집은
정말 어두웠다.

지금은 창가에
식탁을 두었다.
소파가 있는데도
저절로 식탁에
모인다.

새가 자주 날아다닌다.

으~음,
카레?

저녁은
뭐 먹을까?

새 부엌은 변화를
거듭하고 있다.
앞으로 어떤 풍경이
만들어질까.

여기도 조금씩
생활의 중심이
되어간다.

어떤 식사를 하고,
어떤 시간을
보낼까.

둥그런 식탁에 식기가 올라간
모습이 귀여워서, 식사 시간이
전보다 더 기다려집니다.

식탁보는 진입 장벽이 높다고
생각했지만, 쓰고 보니 활용도가
더 높아요.
집 안에 색을 더하고 싶기도 해서
식탁보를 마련했습니다.
의자에도 알록달록한 가베*를
깔았더니 부엌에 생기가
더해졌습니다.

인테리어를 가만히 생각하며
저의 취향을 다시금 살펴보았습니다.

원목을 고른 건 로망이 있었기 때문이지만,
어릴 적 쓰던 식탁이 그리웠기 때문일지도
모른다고 최근에 들어서야 생각합니다.
역시 나무를 좋아하나 봐요.

*가베: 페르시안 카펫의 일종으로, 양모를 밝은색으로 염색해 손으로 짠다.

합성까지 해가며 머릿속으로 그리던
파란색 체크무늬 식탁보와
쏙 빼닮은 게 있어서 샀습니다.

여름이 다가오면 쓰고 싶어집니다.
흰색이나 유리 접시에 차가운 면을
덜어놓으면, '이것이야말로 여름!' 같은
광경이 펼쳐져서 즐거워요.

부부가 모두 뭐를 잘 흘려서 거의 항상 식탁보를 깔지만,
기분이 내키면 걷어두기도 합니다.
오랜만에 드러난 나뭇결이 예쁘고 감촉도 반질반질해요.

흠이나 얼룩이 늘기도 하고, 색이 짙어지기도 하고.
함께 나이를 먹으며 어떻게 달라질지 기대됩니다.

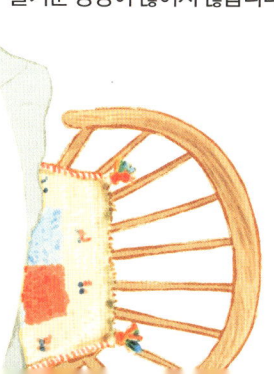

꽃을 장식하고,
불판에 고기를 구워 먹고,
의자를 더 장만해서
가끔 손님도 부르고….

즐거운 상상이 끊이지 않습니다.

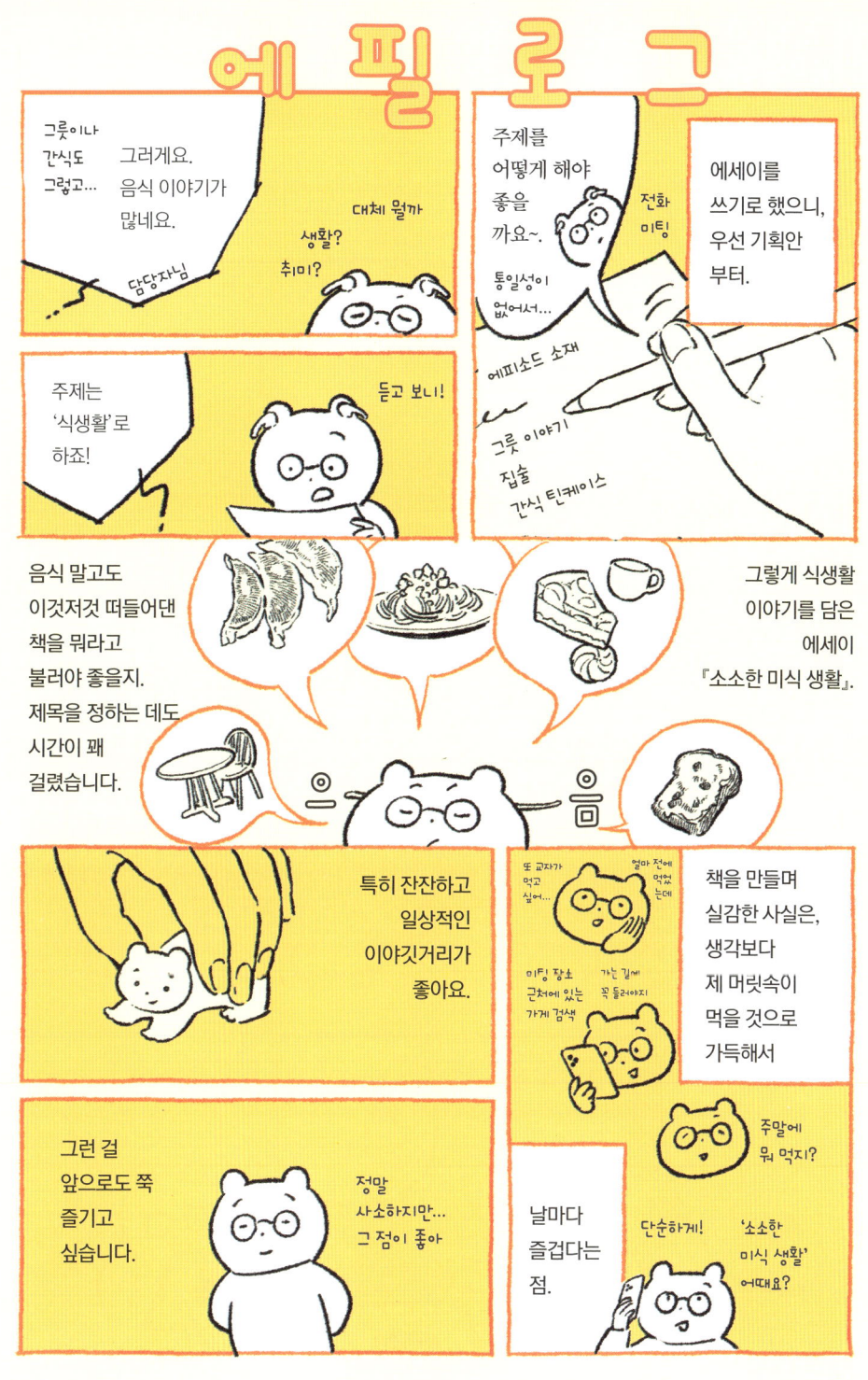

에 필 로 그

그릇이나
간식도
그렇고...
담당자님

그러게요.
음식 이야기가
많네요.

대체 뭘까
생활?
취미?

주제를
어떻게 해야
좋을
까요~.
통일성이
없어서...
전화
미팅
에피소드 소재

에세이를
쓰기로 했으니,
우선 기획안
부터.

주제는
'식생활'로
하죠!

듣고 보니!

그릇 이야기
집술
간식 틴케이스

음식 말고도
이것저것 떠들어댄
책을 뭐라고
불러야 좋을지.
제목을 정하는 데도
시간이 꽤
걸렸습니다.

그렇게 식생활
이야기를 담은
에세이
『소소한 미식 생활』.

특히 잔잔하고
일상적인
이야깃거리가
좋아요.

또 교자가
먹고
싶어...
얼마 전에
먹었
는데

미팅 장소
근처에 있는
가게 검색
가는 길에
꼭 들러야지

책을 만들며
실감한 사실은,
생각보다
제 머릿속이
먹을 것으로
가득해서

주말에
뭐 먹지?

그런 걸
앞으로도 쭉
즐기고
싶습니다.

정말
사소하지만...
그 점이 좋아

날마다
즐겁다는
점.

단순하게!

'소소한
미식 생활'
어때요?

담당 편집자 시라카와 씨, 디자이너 구사카리 씨, 진심으로 감사합니다!
같이 도자기 그림 그리러 간 친구들, 가족들, 모두 고마워! 그리고 독자 여러분, 늘 정말 감사합니다!

옮긴이 장하린
서울대학교 아시아언어문명학부에서 공부했다. 어린이책 편집자로 일한
경험을 바탕 삼아 지금은 교열과 번역을 하고 있다.

소소한 미식생활

초판 1쇄 발행 2026년 1월 20일

지은이
이다 치아키

옮긴이
장하린

펴낸이
명혜정

펴낸곳
도서출판 이아소

디자인
All contentsgroup

등록번호 제311-2004-00014호 등록일자 2002년 4월 22일
주소 04002 서울시 마포구 월드컵북로5나길 18 1012호
전화 (02)337-0446 팩스 (02)337-0402

책값은 뒤표지에 있습니다.
ISBN 979-11-87113-76-8 03830

도서출판 이아소는 독자 여러분의 의견을 소중하게 생각합니다.
E-mail : iasobook@gmail.com